KB244073

Eat, "Play", Love!

먹고 옮겨 다니고 사랑하라!

··· 가정용 곤충 세계의 단 하나의 교훈 ···

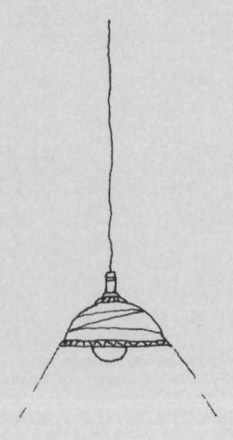

"당신은 혼자가 아니에요"

가정용 곤충에 관한 은밀한 에세이

조슈아 아바바넬이 찍고, 제프 스위머가 쓰고, 유자화가 옮기다

함께읽는책

우리 귀여운 무당벌레 게일과 스테이시에게 바친다.
또한 우리 모든 꼬물이들, 엘라, 딜런, 콜린, 줄리엣, 엘리자,
그리고 클로이에게도.

인간에게 빌붙어 사는 벌레, 인간과 더불어 사는 벌레

흡입력이 무척 강한 청소기를 판매하는 외판원이 집을 방문해 성능을 자랑합니다. 됐다는데도 굳이 침대 매트리스를 훑은 뒤 흡진기를 탁탁 털고는 으쓱해 합니다.

"이게 다 집먼지 진드기입니다. 침대에 이런 게 이렇게 많은 줄 모르셨죠? 눈에 보이지 않는 벌레까지 싹 제거하는 초강력 진공청소기입니다."

아내는 진드기 무더기를 보고 마음이 흔들리나 봅니다.

"그만 둬. 진드기 잡고 비듬 속에 파묻혀 살래?"

대부분의 사람들은 집 안 먼지의 상당량이 사람에게서 떨어진 죽은 피부이고, 집먼지 진드기가 그것을 먹어 치우는 청소부 역할을 한다는 사실을 모릅니다. 우리는 좋으나 싫으나 집먼지 진드기와 공생하고 있습니다.

자연을 이해하는 첫걸음은 구성원을 인식하는 것입니다. 우리도 물론 자연의 일부이자 구성원이어서 감당할 역할이 있

고, 모든 생물이 그러하듯 다른 생물과 관계 맺으며 살고 있습니다. 자연의 구성원들끼리 유기적으로 영향을 주고 받으며 살아가는 곳이 바로 생태계입니다.

살아 있는 생명은 어떤 것도 생태계의 순환 고리에서 이탈할 수 없습니다. 그런데 우리는 자신이 생태계를 자유롭게 드나들 수 있는 존재라고 생각합니다. 가장 대표적인 예가 집에 대한 것입니다. 우리는 집이 나와 가족만을 위한 공간이라고 생각하며 집 안으로 들어가면 외부와 격리되기를 바랍니다. 또한 우리는 뜻하지 않은 방문객을 반기지 않습니다. 그런데 그 집 안에는 이미 수많은 생물들이 들어와 살고 있으며, 알고 보면 누가 주인인지 모를 만큼 위세를 떨치고 있습니다. 우리의 집 안 역시 생태계의 순환이 멈추지 않는 생태계의 일부입니다.

이 책은 집 안에서 생활하거나 사람 몸에 기생하는 벌레들의 실체와 습성을 이야기합니다. 벌레라고 표현하는 것은 절지동물문에 속하는 동물 중 곤충강과 거미강에 속하는 두 무리를 소개하기 때문입니다. 곤충과 거미는 날개가 있고 없고,

다리가 여섯 개고 여덟 개고, 더듬이가 있고 없고, 겹눈이 있고 없고 등 여러 차이로 구별합니다. 형질적으로 비슷하지만 생김새가 전혀 다른 이들을 통틀어 일컫는 데 '벌레'라는 표현이 적당했습니다.

나는 이 책을 읽으며 두 저자 조슈아 아바바넬Joshua Abarbanel 과 제프 스위머Jeff Swimmer에게 감사했습니다. 신비로운 곤충의 매력에 푹 빠진 내 성향 때문이기도 하겠지만 그보다도 더 큰 이유는 점점 사라져서든, 너무 작아서든, 들어서나 알았지 실제로는 보지 못한 벌레들을 들춰내 보여 주었기 때문입니다. 아마도 많은 분들이 이 책을 통해 그들의 생김새를 처음 확인하게 될 것입니다.

현미경 렌즈를 통해 본 작은 벌레들의 생김새는 이제껏 알지 못했던 외계 생물체 같습니다. 어떤 분들에게는 충격적일 수도 있고, 어떤 분들에게는 환상적일 수도 있습니다. 잘 알지 못했던 벌레의 실체를 알게 된 독자는 "차라리 몰랐으면 더 좋았을 걸" 하고 생각할 수도 있습니다. 아침 햇살이 커튼 틈으로 들어올 때야 비로소 집 안이 온통 먼지구덩이였다는 사실을 깨닫고 불편해지는 것처럼 말입니다.

또 이 책에 소개된 벌레들의 속성을 보면 사람에게 피해를 주면서 자신만 이익을 얻는 기생동물, 사람에게 도움을 주며 자신도 이익을 얻는 상리공생동물, 사람에게는 아무 영향을 주지 않지만 자신은 이익을 얻는 편리공생동물로 나눌 수 있습니다. 그런데 많은 사람들은 이들이 어떤 피해를 주는지 상관없이 모두를 적으로 간주합니다. 초대하지 않았고, 징그러우며, 불쾌감을 주는 것만으로도 충분히 그럴만하다고 생각합니다.

하지만 누군가를 미워하거나 좋아하기 전에 그 실체, 즉 생김새와 습성을 먼저 알아야 하지 않을까요? 그래야 막연하지 않은, 이유 있는 적개심을 가질 수 있고, 어쩌면 이해하고 집안의 한 식구로 인정할 마음도 생기지 않을까요?

저자들은 "당신은 혼자가 아니에요. (또는, 우리는 외롭지 않아요. We are not alone)"라며 농담 섞인 말을 합니다. 그 말은 곧 "우리는 결코 이 벌레로부터 자유로울 수 없어요"라는 뜻입니다. 벗어날 수 없다면 받아들이는 것, 그게 속 편하지 않을까요?

나는 이 벌레들에게 호감을 갖습니다. 이들이 지구에 있는 수많은 생물 중에서 인간과 관계 맺기를 원했기 때문입니다. 그러니 인간을 가장 잘 아는 동물들인 셈입니다. 그들이 왜 인간을 선택했고 어떻게 활용하는지를 연구하면 인간의 특징과 습성이 어떤지도 알 수 있을 것입니다. 그래도 이 벌레들이 사자나 호랑이처럼 커다랗지 않은 건 천만다행입니다.

조영권 월간 〈자연과생태〉 발행인 겸 편집인

이불, 소파, 부엌 찬장, 심지어 바지 속에서도 당신은 혼자가 아니다

우리는(글을 쓰고 있는 우리 말이다) 누구 못지않게 곤충을 좋아한다. 곤충은 우리에게 자연의 한없는 다양함과 위대함을 떠올리게 만든다. 자동차 앞 유리에 부딪혀 납작코가 된 놈, 발에 밟혀 큰 대자로 뻗은 놈, 신문 가장자리에 댕글댕글 매달린 놈. 우리는 곤충만 보면 그냥 폭 빠져 버린다. 또한 우리는 이놈들을 튀기고 볶아 '요리해 버리는' 것도 좋아한다. 우리 접시에 올라오지만 않는다면 말이다.

펭귄 출판사에서 우리에게 곤충에 관한 책을 써달라고 요청했을 때(그러니까, 사실은 우리가 이런 책을 내보는 것이 어떻겠느냐고 먼저 제안했다) 우리는 이 일이 결코 쉽지 않을 걸 알았다. 우리는 대학 시절 수많은 강의를 들었고, 어떤 것은 아직까지도 우리 기억에 남아 있지만, 그 가운데 곤충학 강의는 없었다. 우리가 UC 버클리에 다니던 때는 더듬이 아래 체 게바라 티셔츠를 걸친 곤충이 아닌 이상은 곤충을 연구할 생각 같은

건 꿈에도 해본 적이 없다.

우리의 곤충 이야기에서 진정 흥미로운 부분은, 우리가 집이라는 말을 들을 때 떠올리게 되는 이미지에 담긴 모순이다. 대부분의 사람들에게 집은 언제나 고요와 평화의 상징이다. 그 유명한 노래에도 나오듯 마음이 쉴 곳이요, '저 밖' 위험한 세상으로부터의 피난처이기도 하다. 하지만 실상은, 집이 전혀 그런 성지 같은 곳이 아니라면? (슬슬 벌레들이 기어들어 오는 부분이 바로 여기다)

원래 자연적으로는 그 야만적이고, 털투성이에, 촉수가 달린 곤충들이 집을 지배하고 있고, 우리는 한쪽에 빌붙어 사는 것이라면?

다른 곳도 아닌 바로 미국 식약청에서 나온 믿을만한 자료가 이 말이 사실임을 암시하고 있다. 교묘하게 에둘러 표현한 '식품 결함 수준Food Defect Action Levels'이라는 보고서에 따르면, 아래와 같은 식품에 혼입된 '불순물' 수준은 인체에 무해하며 조절에 대한 규제도 필요치 않으므로 일반인들이 이를 제대로 인식해야 한다고 단언한다.

초콜릿 100그램당 곤충 몸 조각 60개 또는 설치류 털 1개, 팝콘 1개당 설치류 배설물 조각 1개, 무화과 페이스트 100그램당 곤충 머리 13개, 후추 1파운드당 포유동물 분비물 1밀리그램, 토마토 통조림 500그램당 파리 알 10개……

이런 목록은 계속해서 이어진다. 미국 식약청 보고서를 읽다 보면 웃음과 울음이 동시에 나올 뿐 아니라 헛구역질까지 하게 된다.

그러니까 우리가 우리 집에 '단지 손님'일 뿐일지도 모른다는 마음 한편을 차지한 불안감이 우리 집의 '진짜' 주인을 만나 보고 싶다는 생각이 들게 했고, 이들에 관한 책을 만들어야겠다는 생각으로까지 이어졌다.

이 책에서 만나게 될 벌레들의 기절초풍할 전자현미경 사진을 보고 있노라면 이들의 신체를 이용한 다양한 표현 방식과 방어를 위한 신체 구조들, 이상하게 댕글댕글 달려 있는 부속지들, 엄청나게 큰 눈과 무시무시한 주둥이에 경탄을 금할 수 없다. 이런 벌레들은 충격적이게도 인간과 비슷한 면이 있는 동시에 괴물 같기도 한 양면을 지니고 있다.

우리 베개와 이불에도, 속눈썹에도, 소파와 마루청에도, 부엌 찬장에도, 그리고 심지어는 우리 바지 안에도 벌레들이 살고 있다는 사실을 알게 된다는 건, 글쎄 그것은 우리가 그저 참 아 넘길 수 있는 정도를 넘어선다.

우리는 이런 불길한 사실들을 마음속에 갖고 있기보다는 이 책에 넘기는 게 더 편안할 것이라고 생각했다. 그래서 우리는 이 짐을 벗은 것에 감사하고, 또 그 짐을 여러분에게 넘긴 것 을 미리 사죄한다.

곤충 세계는 언제나 눈이 휘둥그레지는 경이로운 일들로 가 득하고, 그 세계에서 우리는 두려움에서 존중까지, 충격에서 경외감까지 다양한 감정을 경험한다.

이 책은 실제로 보았거나 다루어 본 경험이 있는 사람이 거 의 없는데도 지구상에서 가장 해괴한 곤충의 행동에만 초점 을 맞추는 '리플리Robert L. Ripley의 믿거나 말거나'식 접근법 과는 거리가 멀다. 아니, 그와는 정반대다. 이 책은 우리와 가 장 가까운 집 안의 동반자, 밤이고 낮이고 우리가 집이라고 부르는 곳을 우리와 공유하는 생물에 대한 실제적인 현장 가이드이다. 우리가 이 책을 쓸 때만큼이나 당신도 이 책을 재미있게 읽어 주기 바란다.

제프와 조시

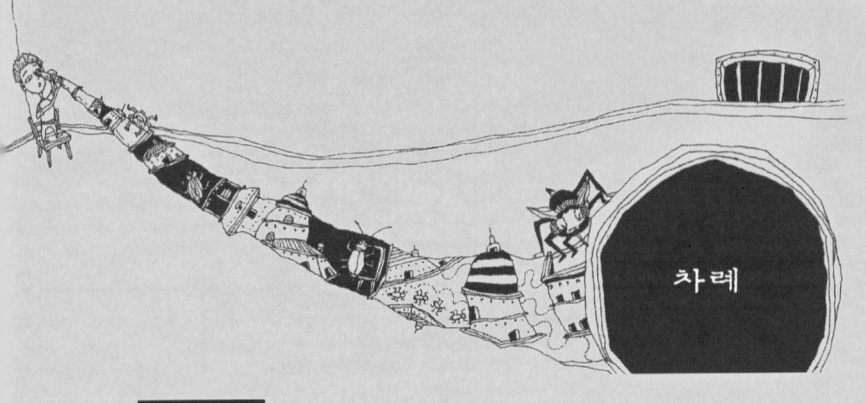

차 례

세 마리 · 050
Party animal! / 집먼지 진드기

강아지나 고양이와 함께 침대 속에
기어들어가기를 좋아하는 사람이라면
집먼지 진드기들이 날마다
"맛있겠다, 소금 좀 건네줘!" 하고
환호성을 올릴 것이다.

네 마리 · 060
살갗 위의 굿 서퍼 / 모낭진드기와 옴진드기

옴진드기의 짝짓기는 당신의 살갗 물침대에서
곧바로 이루어진다. 짝짓기가 끝난 후에 암컷은
다리에 붙어 있는 흡착기와 날카로운 다리,
그리고 턱을 이용해 당신 피부 맨 바깥층으로
흔들흔들 기어 나온다.

다섯 마리 · 072
도서관의 보헤미안 / 서양좀벌레와 집게벌레

흰개미들처럼 이놈들도
셀룰로오스 분해 효소를 이용하고,
종이를 무척 좋아한다.
오래된 고전일수록 좋고,
곰팡이가 피었다면
아무 책이라도 환영이다.

여섯 마리 · 086
웩! 웩! 웩! / 파리

집파리는 부패한 액체로 성찬을 즐긴다.
고체 먹이라면 집파리는 침과 구토액,
거기다 분변까지 섞어
액체 먹이로 만들어 먹을 것이다!

일곱 마리 · 098

조직력과 끈기의 화신 / 개미

개미들은 매우 조직적으로 움직이므로
실패를 모르고,
못된 벌레들로 보기에는 너무 멋진 녀석들이다.
곤충 세계의 돌풍 군단인 개미들은 당신이,
당신 집 부엌에서 나가주기를 원한다. 지금 당장!

여덟 마리 · 110

천하무적 몬도가네 / 바퀴벌레

다른 바퀴벌레(죽었거나 살았거나),
사람(역시 죽었거나 살았거나),
똥(자기 똥이거나 다른 동물의 똥이거나),
풀, 머리카락, 콘크리트 조각도 먹어 치운다.
바퀴벌레는 철통같은 위장을 갖고 있다.

아홉 마리 · 128

엄격한 카스트의 승리 / 흰개미

왕과 왕비의 호화로운 생활방식,
그리고 평생 동안 서로에게 정절을 지키는 것이
둘을 건강하게 잘 살도록 만들어 주는 비결일까?
이들의 수명은 25년이나 된다.
동정인 병정흰개미는 단 몇 년 밖에 살지 못한다.

열 마리 · 142

광란의 기예단 / 벼룩과 흡혈진드기

일단 집으로 들어오면 이것들은 질병 퍼뜨리기,
제 부모가 싸 놓은 똥 먹기, 이중으로 된 성기 휘두르기,
식사하면서 동시에 짝짓기 등의
기상천외한 쇼를 벌인다.

어리쌀도둑거저리는
늦은 밤중에 속옷만 걸친 많은 남자들처럼
시리얼을 가장 좋아한다.
사실상 이놈들은
찬장에 있는 음식 모두에 입을 댄다.

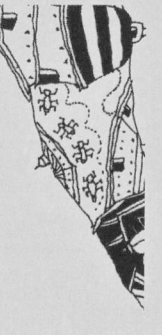

"You're
not Alone!"

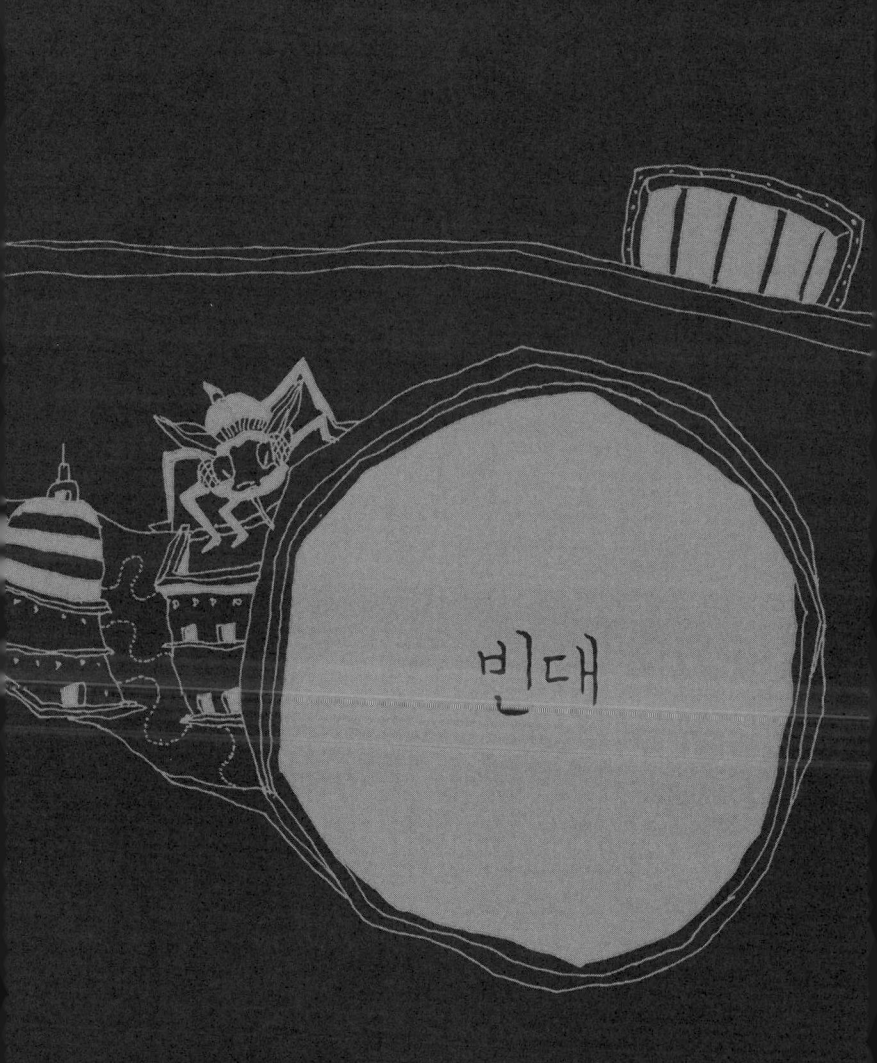

빈대

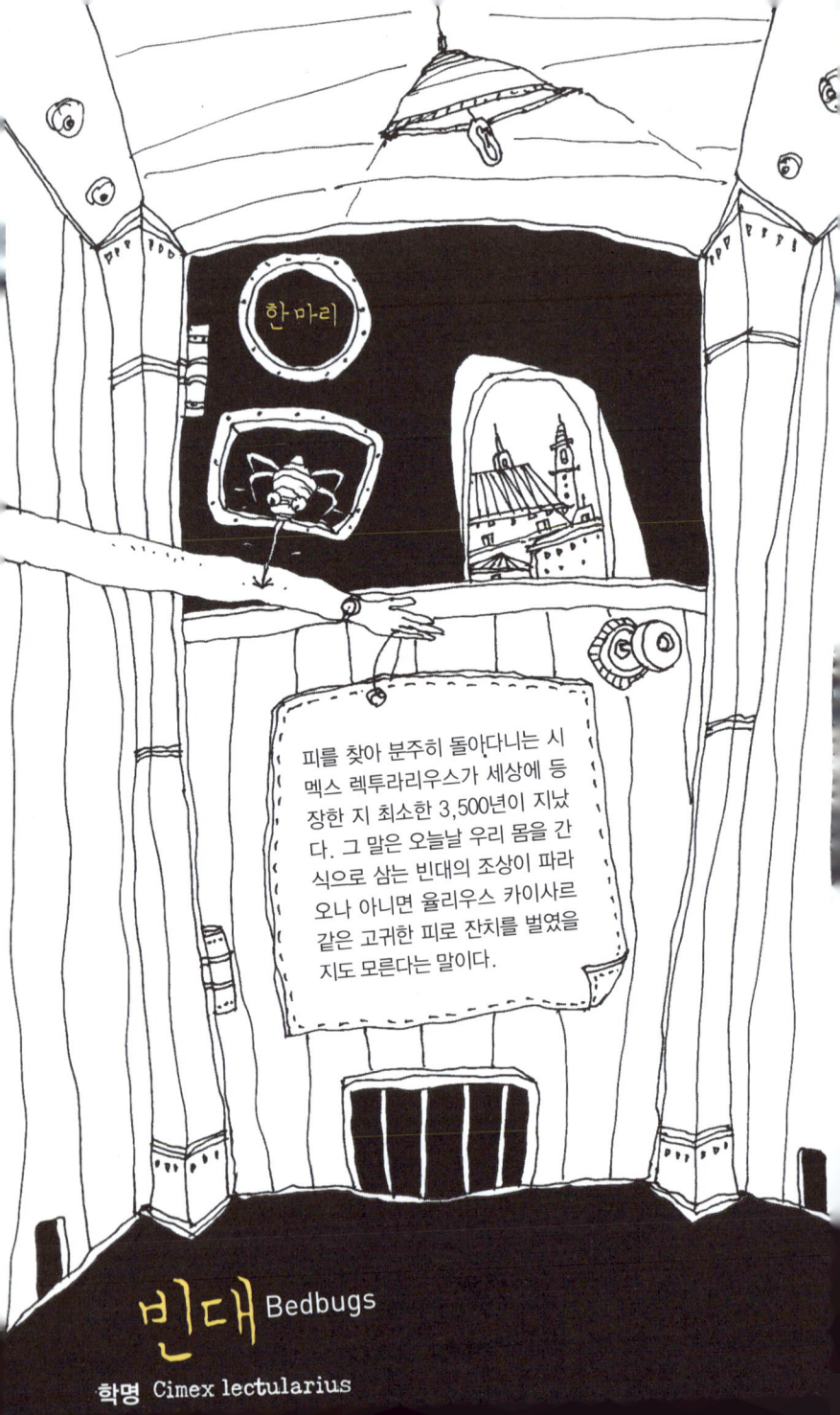

한 마리

피를 찾아 분주히 돌아다니는 시
멕스 렉투라리우스가 세상에 등
장한 지 최소한 3,500년이 지났
다. 그 말은 오늘날 우리 몸을 간
식으로 삼는 빈대의 조상이 파라
오나 아니면 율리우스 카이사르
같은 고귀한 피로 잔치를 벌였을
지도 모른다는 말이다.

빈대 Bedbugs

학명 Cimex lectularius

이 보잘것없는 기생충은 길고 가느다란 주둥이를 숙주(음, 바로 당신)의 몸에 찔러 넣고 배가 빵빵하게 부를 때까지 피를 빨아먹는다. 살갗 위에서 산보하느라 먹은 피를 다 써 버린 다음 잠자리에 들기 전에 한 번 더 주둥이를 찔러 넣어 배를 채우고, 하루 일과를 접기 전 서너 번은 더 거나하게 피를 들이킨다. 이놈들의 주둥이는 가장 가느다란 주사기보다도 백 배는 더 가늘어서 이렇게 찔러 대도 아무 느낌이 없다.

그렇지만 이 성가신 밤손님이 유쾌할 리 없고, 다시 부를 일도 없건만, 이놈들은 제 명함을 남기고 간다. 팔이나 다리 위에 일렬로 늘어선 세 개의 작은 피딱지 자국 (이 업계에서는 이 세 개의 물린 자국을 아침, 점심, 저녁이라고 부른다)이 그것이다.

그러나 너무 걱 정 마시라. 이놈들은 당신 가슴을 '드라큘라의 웻바wet bar 집에 설치된 작은 바'로 만들어 버릴지언정 병을 옮기지는 않는다.

몽타주

몸길이는 6.5밀리미터 정도이고, 타원형에 납작한 몸통을 가졌으며, 날개는 없다. 다리는 여섯 개, 커다란 더듬이와 턱뼈를 가졌다. 빈대는, 우리들 가운데도 같은 처지인 사람이 많지만, 몸무게를 일정하게 유지하기가 어렵다. 간식을 배부르게 먹고 난 다음에는 몸뚱이가 붉은색으로 변하고, 'O'자만한 크기로 부풀어 오른다. 하지만 막 태어났을 때의 크기는 이 문장 끝에 찍힌 마침표를 겨우 넘길까 말까한 날씬한 모습이다.

성인식

빈대가 먹는 것은 피가 전부다. 먹지 않고도 1년을 버틸 수 있고, 주변에 인간이 없으면 고양이, 개, 닭, 새, 생쥐, 쥐, 토끼, 그리고 기니피그로 잔치를 벌인다. 낮에는 하루 종일 매트리스나 벽의 갈라진 틈새 같은 곳에서 잠을 자고, 우리가 잠든 밤중에 일어나 활동한다. 빈대는 일생동안 다섯 번의 탈피 단계를 거치는데 탈피할 때마다 다량의 피가 필요하다. 그러니까 말하자면, 빈대가 피를 포식하는 것은 일종의 '피의 성인식'인 셈이다.

나무딸기 향

빈대는 뒷다리 옆에 달린 주머니에서 냄새가 지독한 초강력 페로몬을 내뿜어 생존한다. 이 냄새를 이용하여 짝을 찾기도 하고, 동료 빈대들에게 위험을 경고한다. 만일 집 안에 빈대가 들끓는다면 이 녀석들이 풍기는 페로몬으로 인해 달콤한 냄새와 함께 곰팡내가 날 것이다. 어떤 사람들은 이 냄새가 나무딸기 발효시키는 냄새와 비슷하다고 말하기도 한다.

프랑스 사람들은 빈대의 냄새가 몹시 고약하다고 하여 '악취가 나는'이라는 뜻의 '피네스 *punaise*'라고 부른다. 빈대가 왜 이런 냄새를 풍기는지는 확실치 않다. 냄새가 짝짓기에 어떤 특별한 역할을 하는 것으로 보이지도 않기 때문이다. 사실상 과학자들은 흥분한 수컷 빈대들이 빈대 모양으로 조각된 코르크 조각을 보고도 짝짓기하려 달려드는 것을 발견했다.

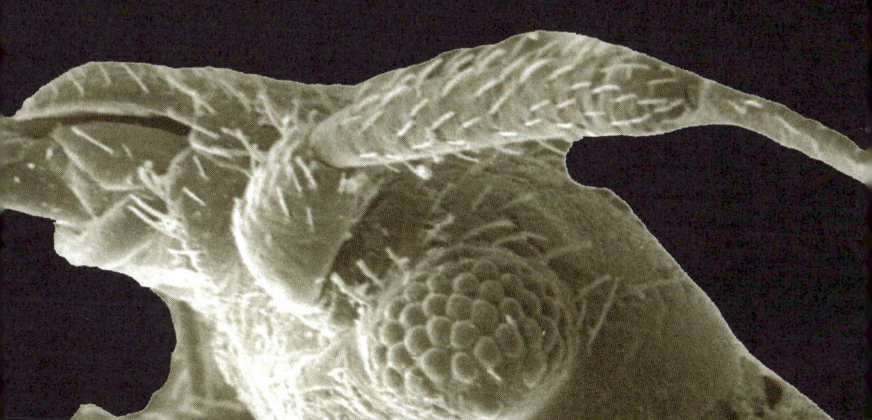

마초

빈대의 짝짓기는 무척 거칠어서 곤충학자들은 이것을 '외상성 수정'이라고 부른다. 암컷 빈대의 몸에는 생식기 개구부가 없어서 수컷이 암컷의 배를 잘라 벌리고 그 안에 정자를 넣는다. 암컷은 이런 수컷의 거친 행위에 상처를 덜 받기 위해 부드러운 조직 덩어리를 만들기에 이르렀다. 암컷 몸 안으로 들어간 정자는 생식 기관을 향해 스스로 알아서 길을 찾아간다.

아기 흡혈귀

암컷은 일생 동안 500개 정도의 알을 낳고, 하루에 낳는 알은 두세 개 정도다. 알은 무척 끈끈한 물질로 덮여 있어 어디에나 달라붙는다. 빈대가 알에서 부화해 나온 후에도 알껍데기는 원래 붙어 있던 표면에 단단히 붙은 채로 남아 있다. 갓 부화한 새끼들은 흡혈을 해야 성충에 이를 수 있다.

자유로운 영혼

빈대는 사방팔방 돌아다니길 좋아한다. 당신이 직장에 가거
나 친구 집에 가거나 침대에 누울 때, 코트고 신발이고 어디
든 올라타고 따라간다. 아마 사돈집에 갈 때도 따라나설 것이
다. 그러고는 정류장에 멈출 때마다 잠시 거기 머물러 사랑을
전파할지 아니면 여행을 계속할지 결정한다.

유럽 여행

한때는 빈대를 없애기 위해 '자객벌레'라는 별명을 가진 침
노린재Triatominae, 트리아토미니 아과*를 이용했
다. 이 방법은 효과가 무척 좋았지만 빈대가
모두 죽어 없어지자 이것들이 사람을 공격
하기 시작했다. 침노린재가 물어 대는 것은
빈대가 무는 것과는 비교도 안 되게 고통이 컸다.
빈대는 깨끗한 집을 좋아한다. 그러니 집을 청소해서 이
귀찮은 놈들을 없앨 생각일랑 버려라. 그럼 슈퍼마켓
에서 살 수 있는 살충제는 어떨까? 음, 글쎄……
빈대는 살충제와도 막역한 사이이다.

*
亞科
생물 분류에서 과科와
속屬의 사이.

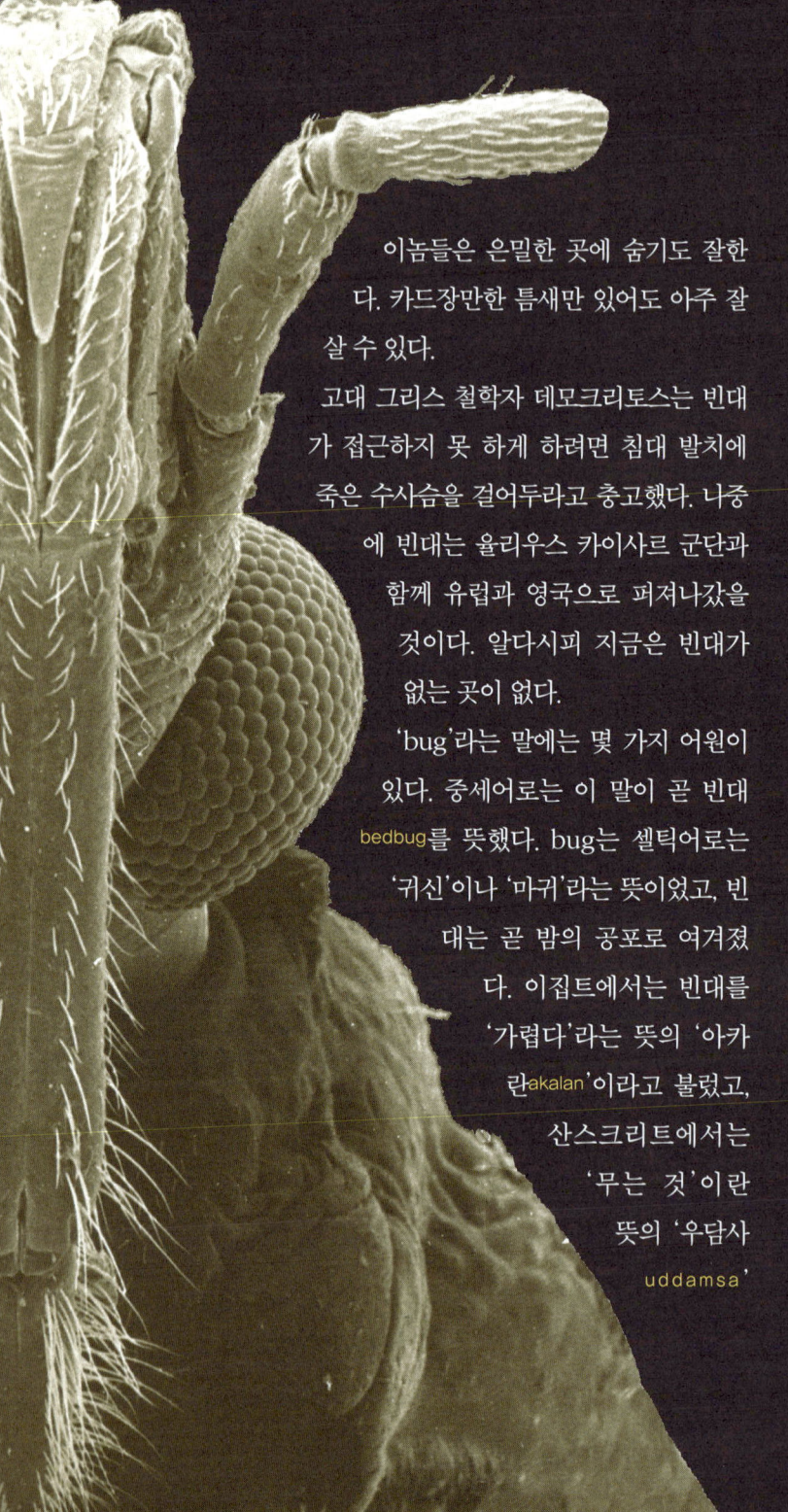

이놈들은 은밀한 곳에 숨기도 잘한 다. 카드장만한 틈새만 있어도 아주 잘 살 수 있다.

고대 그리스 철학자 데모크리토스는 빈대 가 접근하지 못 하게 하려면 침대 발치에 죽은 수사슴을 걸어두라고 충고했다. 나중 에 빈대는 율리우스 카이사르 군단과 함께 유럽과 영국으로 퍼져나갔을 것이다. 알다시피 지금은 빈대가 없는 곳이 없다.

'bug'라는 말에는 몇 가지 어원이 있다. 중세어로는 이 말이 곧 빈대 bedbug를 뜻했다. bug는 셀틱어로는 '귀신'이나 '마귀'라는 뜻이었고, 빈 대는 곧 밤의 공포로 여겨졌 다. 이집트에서는 빈대를 '가렵다'라는 뜻의 '아카 란akalan'이라고 불렀고, 산스크리트에서는 '무 는 것'이란 뜻의 '우담사 uddamsa'

라고 불렀다.

빈대와 관련된 한 유명한 곤충학자의 일화도 있다. 연구를 위해 빈대를 수집해야 할 때마다 모텔에 투숙했던 곤충학자는 자명종 시계를 새벽 2시에 맞추어 놓고 자다가 일어나면 침대에서 원하는 빈대 표본을 모두 모을 수 있었다고 한다.

1870년대 해충 통제 지침은 침대 틀에 테레빈유*나 등유를 문지르고, 마룻바닥과 벽의 갈라진 틈에는 단단한 비누를 채워 넣으라고 권고했다. 또한 이 지침은 방 한가운데에다 유황을 100그램 정도 담은 접시를 놓고 불을 켜 두라고 조언하기도 했다. 그렇게 하면 벽이 탈색되면서 빈대를 죽일 수 있다고 생각했던 것이다. 1930년대 널리 쓰였던 빈대 퇴치법 가운데 하나는 금속 침대의 마감재가 벗겨질 만큼 독한 화학물질을 사용하는 것이었다.

1900년대 초에는 여러 가지 질병을 치료할 수 있는 처방으로 수수 시럽, 검정콩, 마늘, 럼주, 그리고 막 죽인 빈대 7마리를 섞은 혼합물을 사용했다. 그렇다면 현대에 권고되는 방법은? 침대 다리 주변에 바셀린을 발라두면 빈대가 기어올라와 무는 것을 막을 수 있다. 아니면 침대 다리를 모두 물 항아리에 담가두어라. 물론 이 방법으로 간간이 성공하는 빈대의 '미션 임파서블' 작전까지 막지는 못할 것이다. 빈대는 침대는 말할 것도 없고

*
송진을 수증기로 증류하여 얻는 정유. 맛이 시고 특이한 향기가 나는 무색 또는 연한 노란색의 끈끈한 액체로, 주로 페인트 따위를 만드는 데 쓰인다.

천장까지도 기어오를 수 있다고 알려져 있기 때문이다. 또 다른 방법은 틈이란 틈은 모두 없애는 것이다. 방에 있는 모든 틈새를 막아 회반죽을 바르거나 페인트를 칠해라. 아니면, 방 안 온도를 45도 이상으로 높게 올리는 방법도 있다. 그러나 그렇게 했다가는 빈대가 아닌 사람 목숨을 여럿 잃을지도 모른다는 사실을 염두에 두시길.

무슨 수를 써서라도 물고

빈대가 문 자국일까, 거미가 문 자국일까? 거미는 가깝게 위치한 두 개의 자국을 남기고, 빈대는 주로 세 개를 남긴다. 신기하게도 가려움증은 무는 행동 자체로 일어나는 것이 아니라, 빈대가 물기 전에 내놓는 타액 때문에 생긴다. 빈대가 물면 일어날 수 있

빈대의 집게발

는 건강상의 문제는 매우 심각한 경우 신경계 장애, 소화기계 장애, 수면 장애 등이 있다. 또한 빈대가 가장 잘 무는 부위는 어깨와 팔이다.

묘한 일은, 아마 좀 건방진 놈들이라는 생각도 들겠지만, 빈대는 당신 살갗을 뚫고 곧장 피를 빨아내는 것은 좋아하지만 피를 흡입하는 동안 피부에 닿는 것은 싫어한다. 아마 당신이 잠에서 깨어날까 봐 두려워 그러는지도 모른다. 그래서 빈대들은 피부 대신 옷이나 이불을 꼭 붙들고 피를 빨아 먹는다. 또한 빈대는 사람이 어디 있는지 눈으로 보고 찾아내지 않는다. 사람의 온기나 숨 쉴 때 내뿜는 이산화탄소로 목표물을 포착한다.

무슨 수를 써서라도 막고

전 세계적으로 다시 빈대가 들끓고 있다. 바퀴벌레와 개미 같은 일부 다른 벌레들은 없어지고 있는 추세인데도 말이다. 그 주요한 이유는 늘어난 이민, 잦아진 해외여행과 함께 디디티 DDT와 같은 강력한 살충제 사용이 금지됐기 때문이다. 불과 25년 전만 해도 대부분의 선진국에서 빈대는 거의 멸종되었지만, 이놈들이 왜 다시 돌아왔는지 모를 일이다.

2006년, 시카고에 사는 한 여자와 그녀의 홍보 담당자는 등, 가슴, 팔, 다리에 벌레 물린 핏자국과 고름이 생긴 상처들로

뒤덮인 사진을 언론에 공개하고, 캣스킬스 호텔을 상대로 2천만 달러를 요구하는 소송을 제기했다. 그 여자는 3일 동안을 빈대에 시달린 후 피부에 '불이 붙은 듯' 고통스러워 살을 '뜯어내 버리고 싶었다'고 말했다(2006년 3월 7일 CNN.com). 뉴욕시에 사는 한 빈대 피해자는 빈대가 눈에 더 잘 띄도록 이불을 모두 흰색으로 바꾸고, 잡은 빈대를 플라스틱 밀폐 용기 감옥에 가두어 '햇빛에 고문 당하도록' 창문틀에 내다 놓았다고 한다(2005년 11월 27일, 뉴욕타임스).

망상

빈대에 물린 것 같다고 해서 진짜로
물린 건 아닐지도 모른다.
만일 이런 생각이 극단적으로 온 마음을 차지하고 있다면
기생충 망상증delusional parasitosis에 걸렸을지도 모를
일이다. 그런 증상이 있다면 꼭 의사를
찾아가 보시길.

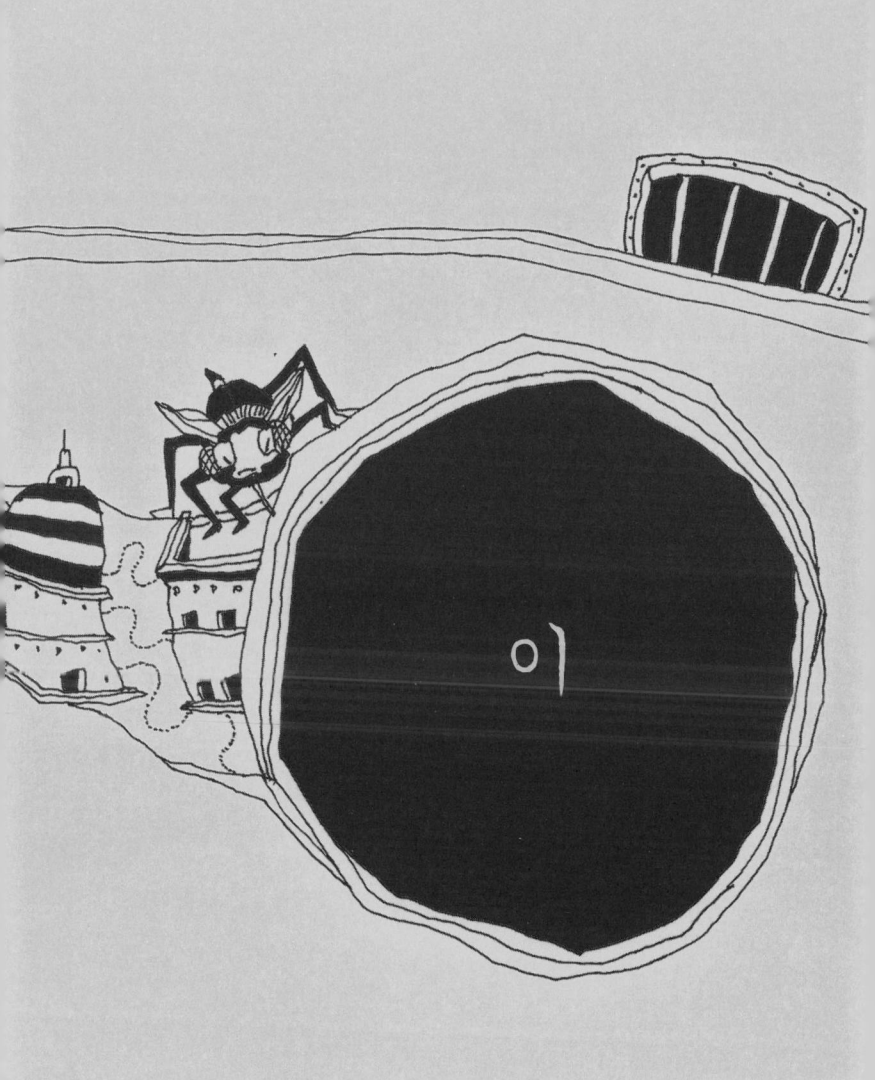

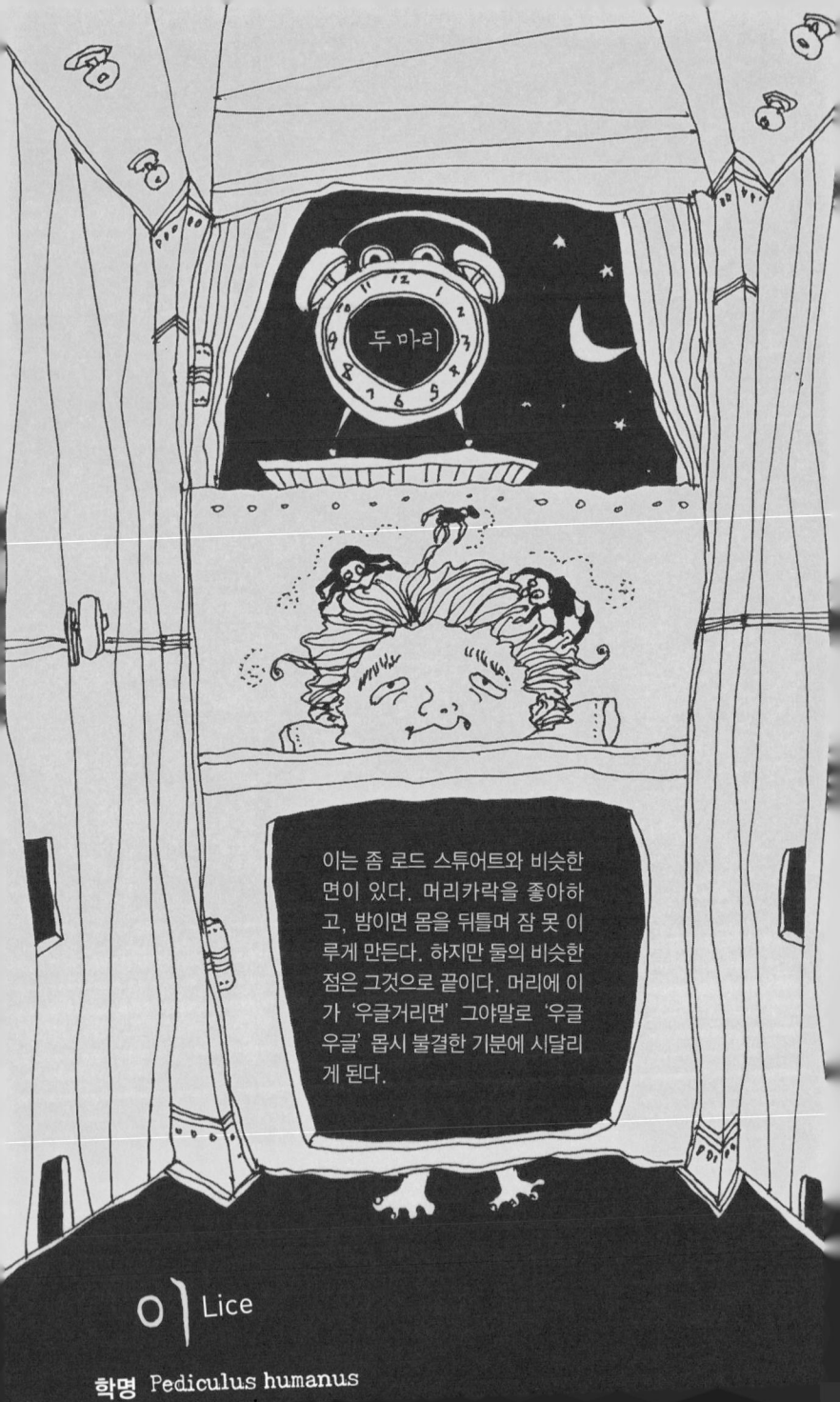

두 마리

이는 좀 로드 스튜어트와 비슷한 면이 있다. 머리카락을 좋아하고, 밤이면 몸을 뒤틀며 잠 못 이루게 만든다. 하지만 둘의 비슷한 점은 그것으로 끝이다. 머리에 이가 '우글거리면' 그야말로 '우글우글' 몹시 불결한 기분에 시달리게 된다.

01 Lice

학명 Pediculus humanus

이 기생충은 머리와 목에서 잔치를 벌이기 딱 좋게 생겨 먹었다. 이는 한번 옮으면 없애기가 몹시 힘들고, 특히 아이들 머리에 잘 달라붙기 때문에 학교 보건 선생님들의 골머리를 앓게 만든다.

아이들 머리에 이가 생기면 학교에서는 소동이 일어나고, 부모들은 비누와 민간요법을 들고 전투에 돌입한다. 그래도 이는 머릿속에서 유유히 돌아다닐 기가 막힌 묘책을 갖고 있다. 여섯 개의 강인한 다리와 특수한 발톱은 머리카락을 붙들고 늘어지기 딱 좋게 설계되었다.

소식小食

아이들은 이에게 완벽한 숙주다.
이는 아이들이 서로 엉켜
놀 때를 이용하여 이
아이의 머리에서
저 아이의 머리
로 옮겨 다닌다.
그렇지만 너무 염려 마
시라. 수혈이 필요할 일은 없을 테
니까. 이는 아이들의 피로 식사를 할
때 한 번에 10,000분의 1밀리리터 밖

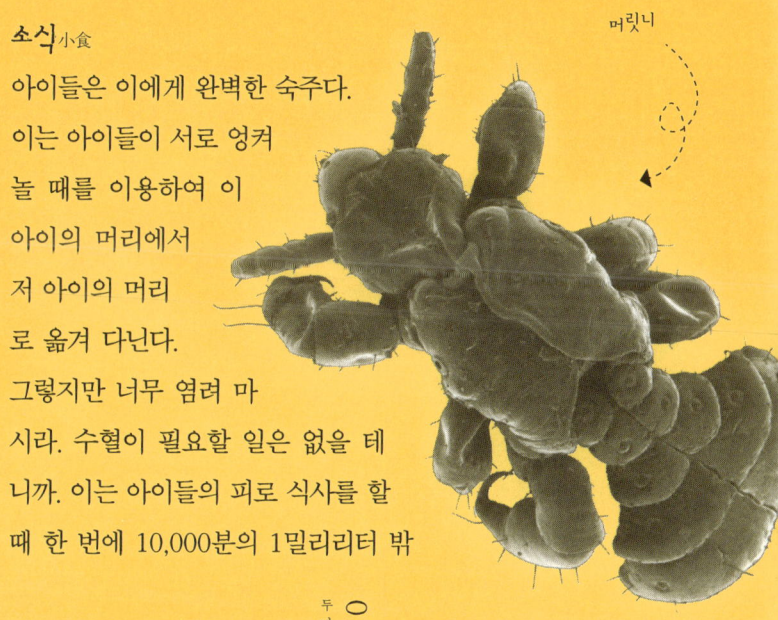

머릿니

에 흡혈하지 않고, 한 아이의 머리에 이가 10마리 이상 살고 있는 경우는 거의 없다. (더 정확한 수치를 알고 싶다면 하버드 공중보건대학에 마련된 '이로 인한 피 손실량 계산기'를 활용하라) 이가 아이들에게 집중적으로 감염되는 해충인 것을 감안하면, 아이들이 고약한 성격을 가진 놀이터의 경쟁자 친구를 이의 별명인 '쿠티cooty'라고 부르는 것도 놀랄 일은 아니다.

이가 뛰어오르거나, 날거나, 두피로 파고 들어가지는 못한다는 사실이 그나마 다행이다. 또한 이가 큰 전염병을 옮기는 일도 드물다. 그렇다고 해서 그런 사실이 커다란 위안이 되는 것도 아니다. 이 회색 껍데기를 가진 기생충은 심한 가려움증을 일으켜 밤잠을 설치게 만든다. 이가 무는 것뿐 아니라, 이의 타액과 배설물도 가려움증을 일으킨다. 하물며 머리에 이가 있다는 사실을 알고 당하는 정신적인 괴로움은 말해 무엇하랴.

외계에서 온 침입자

그 위협적인 생김새와 중무장한 몸뚱이를 보면, 이놈들은 꼭 망원경 저 끝으로 보이는 외계의 침입자처럼 생겼다. 이놈들이 우리 아들딸을 공격하기 위해 다가오고 있다고 생각하면 식은땀이 흐르지 않을 수 없다.

이는 적어도 하루에 한 번은 피를 먹어야 하고, 피를 먹지 못한 상태로는 실온에서 단 하루도 살아남지 못한다. 따라서 이를 하루 동안 우리 몸에 접근하지 못하게 저지할 수만 있다면, 이놈들을 처치할 수 있다. 그런 다음에는 머리에서 이와 알들을 하나하나 뽑아내 버리면 끝이다. 그러나 물론 이런 일은 당신을 트집쟁이nitpicker, nit는 이의 알, 즉 서캐라는 의미가 있으므로 nitpicker는 트집쟁이 외에도 '서캐 잡는 사람'이란 뜻이 되기도 한다. 동음이의어를

소이cattle louse

이용한 언어유

희이다-옮긴이 로

만들 것이다.

짧고 굵게

암컷 이는 2주 동안의 생의 주기 중에 50개에서 300개의 알을 낳고, 하루에는 평균 약 다섯 개의 알을 낳는다. 이의 체온은 일정하게 유지되므로 하루 중이나 일 년 중 어느 때라도 알이 부화할 수 있다.

새끼 이는 여드레 만에 부화하고 알에서 나오자마자 곧바로 먹이를 먹기 시작하는데, 새끼 이가 생존하려면 태어난 지 몇 분 안에 반드시 '피의 식사'를 해야 한다. 9일에서 12일이 지나면 완전히 자라 성충이 되는데, 성충이 된 이는 마구 먹고, 마구잡이로 소동을 일으키고, 마구마구 알을 낳고, 플로리다로 골프를 치러 가기도 하면서 살다가 약 2주 뒤에 생을 마감한다.

미치광이 사촌들

이는 접촉을 통해 가장 잘 전염되고, 머리빗이나 모자를 같이 쓰는 것으로도 옮길 수 있다. 또한 이는 인간 숙주의 침구에서도 살 수 있다. 그러나 대부분의 이는 전 생애 동안 우리 머리카락 속에서 생활한다.

머릿니의 사촌으로는 음모에 사는 사면발니가 있다. 다른 사촌으로는 몸니가 있는데, 이놈들은 머릿니보다는 덜 발견되지만 유용한 이점을 갖고 있다. 옷에서 며칠 동안이나 살 수 있고, 털이 있는 은신처를 찾아 털이 없는 곳으로도 아무 문제없이 이동할 수 있다. 몸니는 옷을 자주 빨아 입지 않는 사람을 선호하므로 게으른 사람은 조심하라!

몸니는 머릿니보다 훨씬 더 위험하다. 장티푸스, 참호열, 그 외에도 치명적인 전염병을 옮길 수 있기 때문이다.

이에 감염된 것을 '이 기생증pediculosis'이라고 말하는데, 머리에 이가 열두어 마리 살고 있으면 이에 감염됐다고 보지만, 머리에 죽은 이가 수백 마리가 있을 가능성도 있다.

홀로코스트

이는 한번 생기면 없애기가 무척 힘들다. 선사 시대의

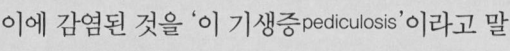

머리카락에 붙어 있는 서캐

미라에서도 이가 발견되었다니 이가 우리 몸에 적응할 시간
은 충분하고도 남았을 터, 우리 몸에서 그렇게 잘 살아가는
재주를 가진 것도 당연한 일이다. 이상하게도 이는 다른 인종
보다 백인을 더 좋아하는
것처럼 보이는데, 아마

머리카락에
붙어 있는
머릿니

당신은 혼자가 아니

그 이유는
백인의 머리카락이 가장
가늘기 때문인지도 모른다.
이 감염증을 치료하려면 한바탕 끔찍한 난리법석을
치러야 한다. 족집게나 그 비슷한 도구로 이를 하나씩 일일이
잡아내는 방법도 있지만 족집게로 이를 잡으려다가 비듬이
나 헤어스프레이 방울 같은 엉뚱한 것을 잡아내기가 쉽다. 죽
은 서캐인 경우도 많다. 여하튼 이는 잘 돌아다닌다는 사실을
잊지 말도록.
참빗으로 머리를 빗어 이를 떨어뜨리는 방법도 좋다. 그러나
이 방법을 쓰려면 2주 동안 날마다 거르지 말아야 한다. 밝은
빛 아래서 확대경을 놓고 이가 더 이상 보이지 않을 때까지
빗어야 한다. 요즘에는 전기를 이용한 이 제거기도 쓰는 모양
이지만, 참빗보다 더 좋은 효과를 기대하기는 어렵다.
족집게로 이를 몽땅 뽑아낼 수 없다면 오일을 이용하는 방법
도 있긴 하다. 어떤 사람들은 올리브 오일이나 헤어젤을 바르
면 이를 질식사시킬 수 있다고 말하지만, 머리를 그런 물질에
담갔다가는 아마도 다른 문제가 생길 것이다. 보통은 샴푸로

머리를 감는 것만으로도 이를 제거할 수 있다. 아니면 헤어드라이어로 구워 죽일 수도 있다. 끈질기게 없어지지 않는 이를 몰살시키지 않고는 배길 수 없다면, 아예 머리를 싹 밀어버리는 방법을 추천한다. 아주 효과가 좋을 것이다.

피레트린pyrethrin* 이나 퍼메트린permethrin** 같은 액체 독약도 효과가 좋다. 바른 지 10분에서 30분이 지나면 이가 죽는다.

이에 편집증적인 증상을 보이는 사람이라면, 이는 아이들의 카시트에도 숨어 있을 수 있으니 진공청소기로 싹 빨아들이는 편이 좋다. 물론 이불, 옷, 봉제 인형, 자전거 헬멧, 가족이 함께 사용하는 헤드폰도 모두 세탁하고 소독해야 할 것이다.

*
국화과 꽃인 제충국에 들어 있는 살충성분

**
가정용 살충제나 농약 등에 주로 쓰인다.

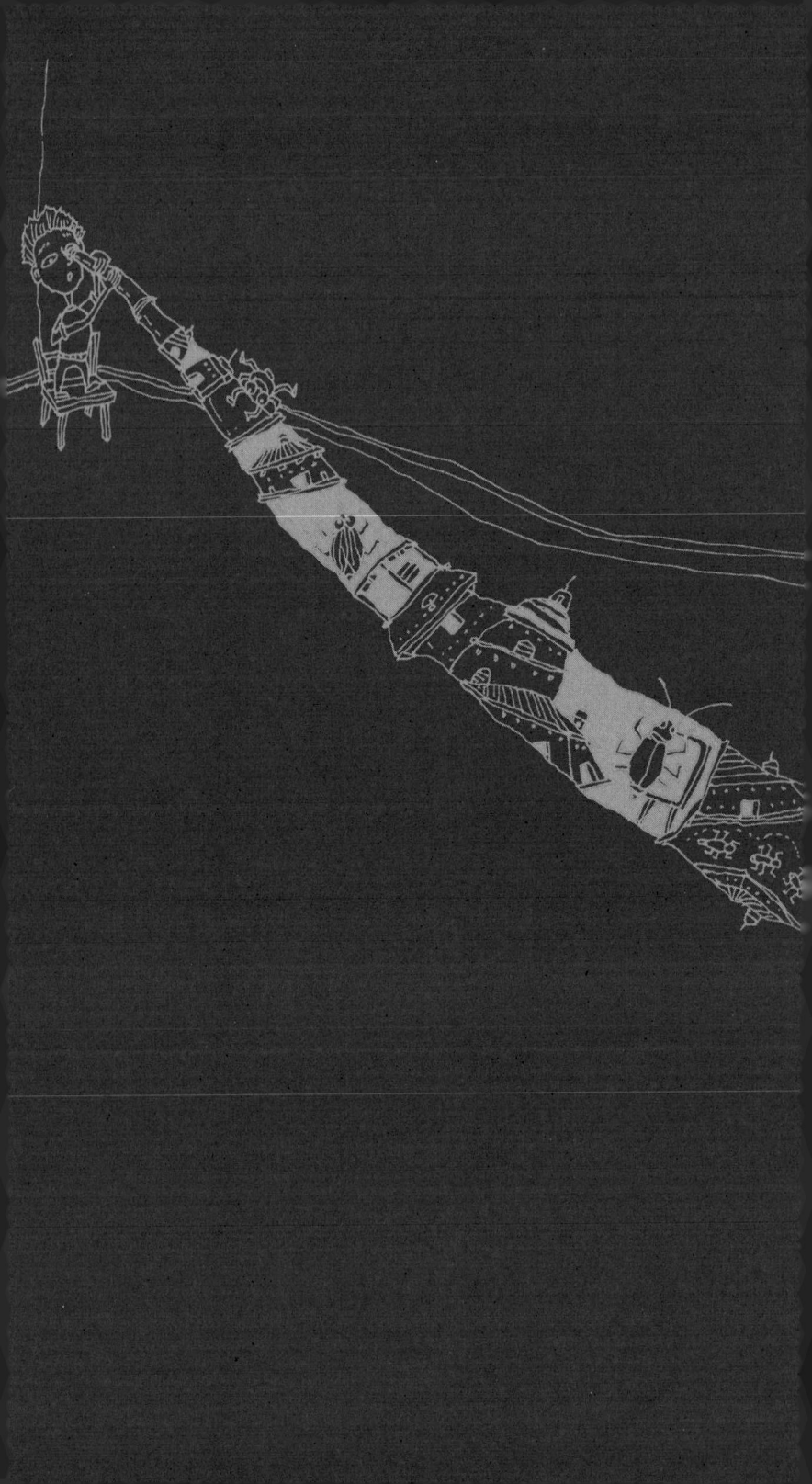

집먼지진드기

세 마리

베개에 머리를 누일 때, 당신은 절대로 혼자가 아니다. 그 어디가 되었건 십만에서 천만 마리에 이르는, 다리가 여덟 개 달린 친구들과 침대를 공유하고 있다. 당신이 2년 동안 같은 베개를 사용했다면, 그 무게의 10퍼센트는 죽은 집먼지 진드기와 그 배설물이 차지할 것이다.

집먼지 진드기 Dust mites

학명 Dermatophagoides pteronyssinus

그렇지만 침대에 빵 부스러기를 떨어뜨렸다고 걱정할 필요는 없다. 집먼지 진드기는 음식 찌꺼기에는 관심이 없고, 당신의 살갗에서 떨어진 죽은 피부를 더 좋아한다. 진드기mite, '응애'가 더 정확한 말이지만 특히 집먼지 진드기와 관련해서는 진드기란 말이 더 많이 쓰이고 있다—옮긴이의 학명 '더마토파고이데스Dermatophagoides'도 '비듬을 먹는 것'이란 뜻이다. 집먼지 진드기에게는 눈이 없지만 몇 미터 떨어진 곳에서도 당신이 있는 곳을 향해 곧장 달려올 수 있다.

Party animal!

그나저나 우리는 이
놈들에게 크게 감사해
야 한다. 만일
이 녀석들이
죽은 피부를 먹어
치우지 않는다면 우리 주변
에 온통 비듬이 쌓일 것이다
(우리 몸에서는 매일 1그램 정도
의 죽은 피부가 떨어진다).
당신은 알레르기 체질인가? 그렇다면
당신과 침대를 함께 쓰는 이 집먼지

진드기와 관련이 있을지 모른다. 이 귀여운 것들은 마돈나가 콘서트를 벌일 때보다도 옷을 더 자주 갈아입고, 자기 몸에서 죽은 껍질을 벗겨낼 때마다 그것을 온 침대와 베개에 흩뿌려 놓는다. 강아지나 고양이와 함께 침대 속에 기어들어가기를 좋아하는 사람이라면 집먼지 진드기들이 날마다 "맛있겠다, 소금 좀 건네줘!" 하고 환호성을 올릴 것이다. 집먼지 진드기

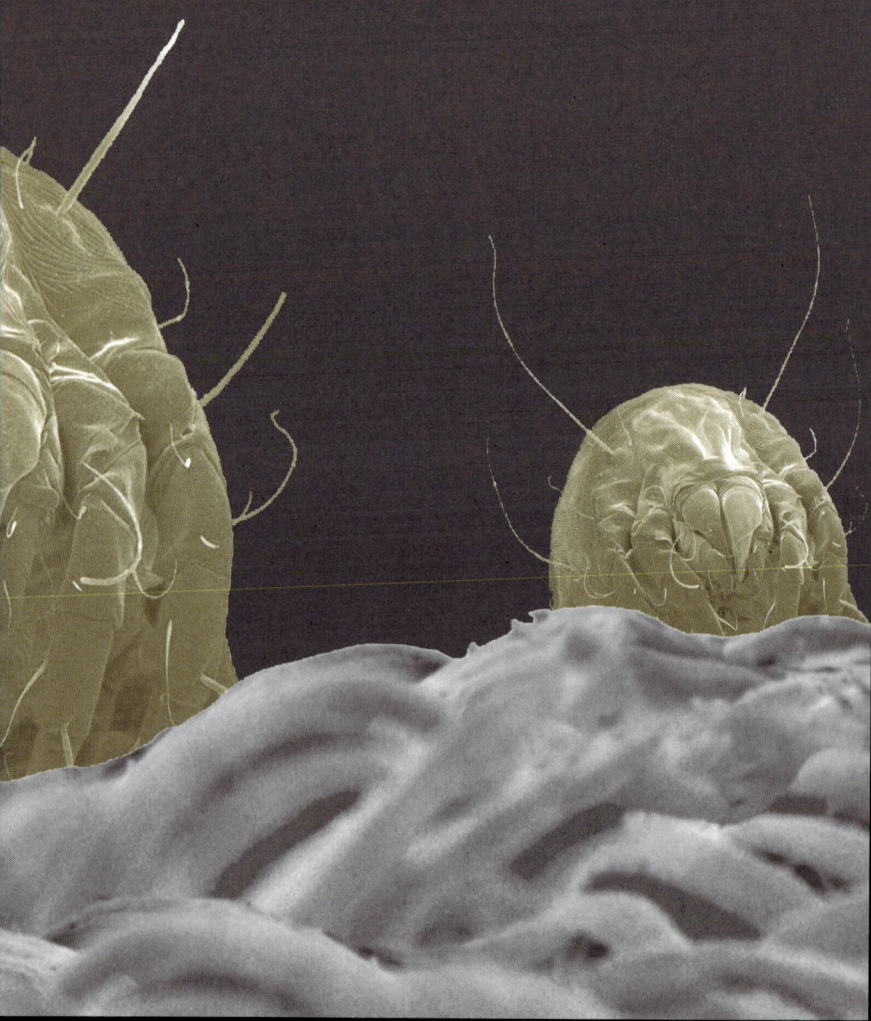

는 인간의 각질만큼이나 애완동물의 몸에서 나온 각질도 좋아한다.

규칙적으로 청소를 해서 이것들을 털어 내버릴 수 있다고 생각하는가? 성급한 결론은 금물! 공중에 대고 이불을 털 때마다 이놈들과 놈들 피부를 집 안 곳곳으로 날려 보낼 뿐이다.

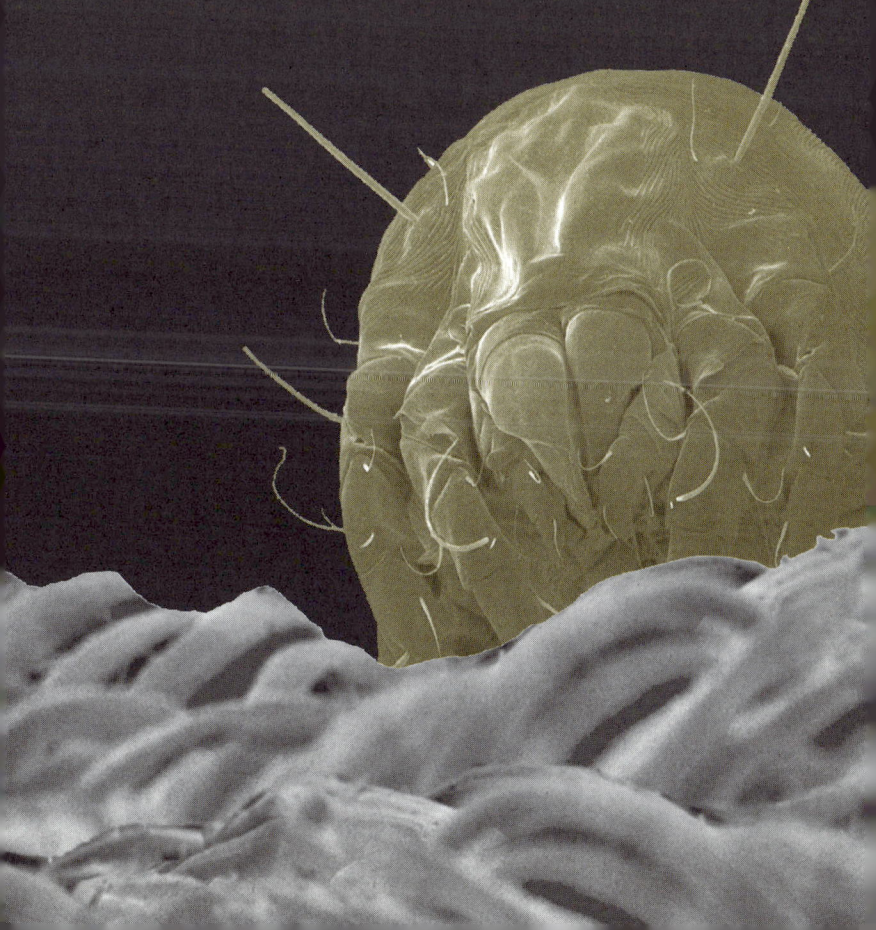

속보이다

아니, 이것은 '부적절한 신체 노출wardrobe malfunction'이 아니다. 집먼지 진드기의 몸은 원래가 반투명이거나 속이 훤히 들여다보인다. 만일 집먼지 진드기가 우리 눈에 보인다면 우리는 지금보다 훨씬 더 이놈들을 혐오할 것이다. 다행히도 집먼지 진드기는 크기가 0.2밀리미터 정도 밖에 되지 않는다.

속에서 내뿜다

집에 쌓인 먼지가 알레르기의 원인이 되는 이유 중 하나는 그 먼지들이 집먼지 진드기의 탈피한 껍질 조각과 배설물로 심하게 오염되어 있기 때문이다. 이놈들의 내장에서 나온 소화액과 집먼지 진드기 알레르기 물질은 천식, 꽃가루 알레르기, 습진의 원인 가운데 50~80퍼센트를 차지한다고 알려져 있다.

취향

좋아하는 간식: 비듬
그렇지만 지방이 10퍼센트 이하인 비듬만 좋아한다. 다행히도 비듬을 미리 분해해 주는 곰팡이가 있어 비듬의 지방 함량

을 집먼지 진드기가 먹기 좋을 만큼 낮추어 준다. 물론 곰팡이는 먹이를 놓고 집먼지 진드기와 곧 경쟁을 벌인다. 다윈이 기꺼워할 경쟁이다.

좋아하는 식당: 먼지가 가득 쌓인 따뜻하고, 촉촉한 곳
이런 곳으로는 베개, 매트리스, 카펫, 가구 등이 있다.

태생: 집먼지 진드기는 곤충이 아니라 거미류 동물이어서 다리가 여섯 개가 아니라 여덟 개다.

친한 친구: 이들과 가장 가까운 동물로는 고양이와 개의 귀에서 사는 귀 진드기, 그리고 양 진드기가 있다.

오싹한 사실: 21도
집먼지 진드기가 가장 좋아하는 온도이자 인간이 가장 좋아하는 온도이다.

미션 임파서블

엄청난 위력을 자랑하는 집먼지 진드기는 없애기가 무척 힘들다. 세계 최고의 해충통제회사도 집먼지 진드기를 박멸한다는 것은 '현실적이지 못한' 일이라고 인정했다. 집먼지 진드기를 박멸하는 약이라고 승인된 살충제도 없다. 타닌산과 같은 일부 처방이 있기는 하지만, 진드기 자체보다도 더 해로울 수 있다.

만일 당신과 잠자리를 함께 하는 집먼지 진드기들 때문에 밤

잠을 설친다면, 해충통제업자들은 베개 커버를 폴리우레탄으로 씌우고, 60도 이상의 물에서 이불을 세탁하라고 조언한다. 침구 세탁은 매주 해야 한다. 아, 그리고 진드기와의 접촉을 최대한 피하라. (어떻게? 침대도 이불도 없이 잠을 자야 할까?)

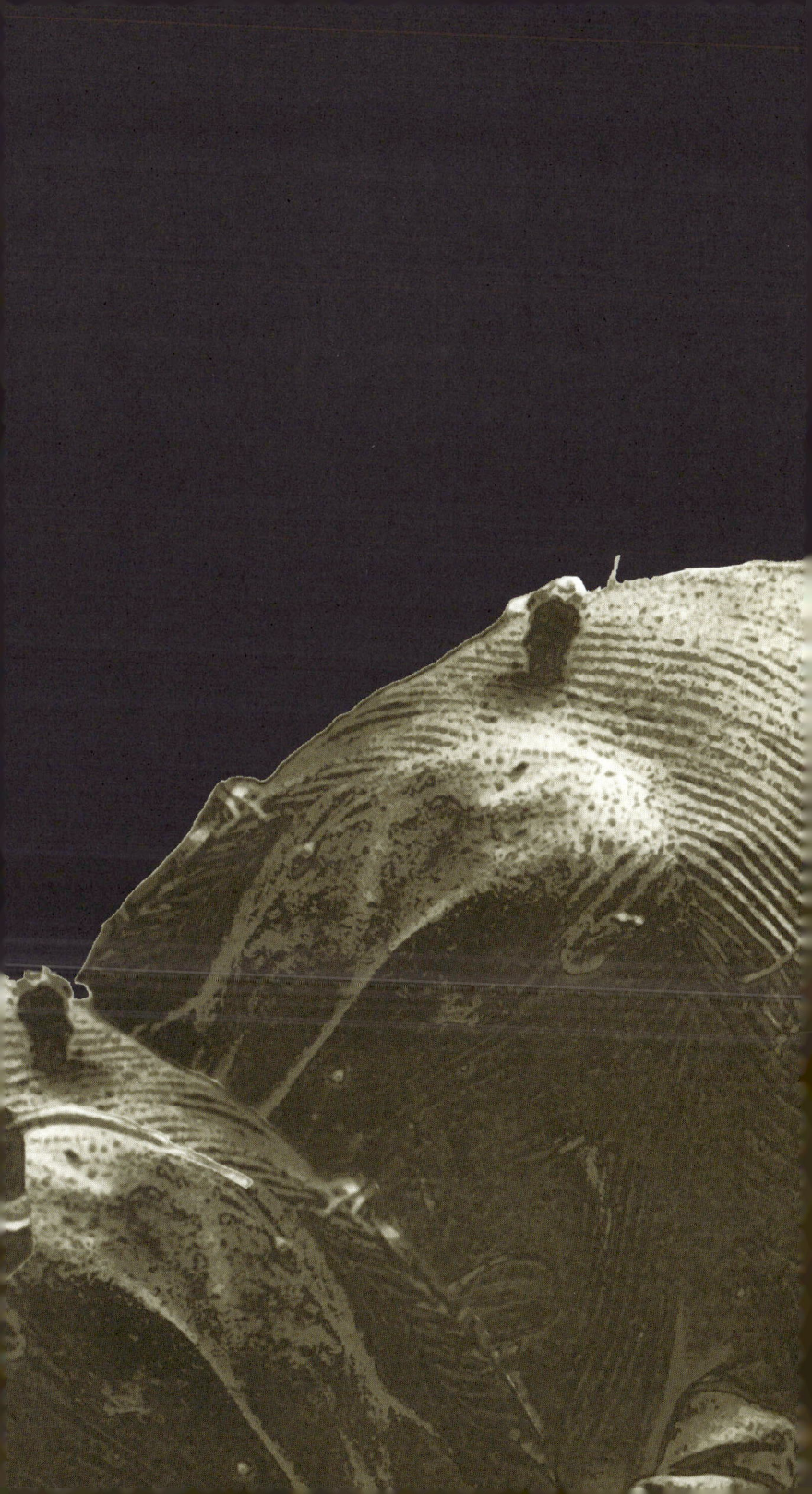

모낭진드기와
옴진드기

네 마리

우리 몸으로 잔치를 벌이는 모든 벌레들 가운데서 모낭진드기보다 더 엽기적이고 우리 품위를 손상시키는 것도 없다. 우리들 대부분은 언제 조사를 하더라도 눈썹에 약 25개 이상의 모낭진드기를 갖고 있고, 눈 주변에 화장품이나 기름기 있는 물질을 바르는 사람은 그보다 더 많을 수 있다.

모낭진드기 Eyelash mites 와
옴진드기 Scabies

학명 Demodex folliculorum, Sarcoptes scabiei

지방이 많고 실룩실룩 펄럭거리는 속눈썹은 시가cigar 모양에
노란빛이 나는 이 별난 놈들에게 아주 훌륭한 간식 창고다.
크기가 0.5밀리미터 정도인 이놈들은 속눈썹 모낭과 눈썹 사
이 틈새에 머리(아니, 꼬리인가?)를 처박고 새로 난 눈썹과 그
근처 세포를 게걸스럽게 먹어 치운다. 모낭진드기는
무척 효율적으로 단백질을
이용해 배설물도 만들지
않고, 결과적으
로 뒷문도 없
다(제니퍼 로
페즈 향수도 필요
없다고!)

서핑

피부 아래로 무언가 기어 다니는
느낌이 든 적이 있다고? 글쎄, 당신의
느낌이 딱 들어맞았을 수도 있다.
옴scabies이라는 말은 라틴어로 '가렵다'라는
뜻이고, 이 부드럽고 다리가 여덟 개 달린 생물은 우리 피부
밑으로 돌아다니면서 무척 심한 가려움증을 일으킨다. 말로
다 표현할 수 없을 만큼!

모낭진드기

옴 감염증은 매해 수백만 건씩 보고되고 있다. 수컷과 암컷 옴진드기는 당신의 피부 속에서 마치 바다 속 잠수함이 노니는 것처럼 논다. 기분에 따라 가끔씩 피부 밖으로 나와 돌아다니다가 알을 낳고 먹이를 먹기 위해 다시 피부 속으로 파고들어 간다.

옴진드기들이 피부 속으로 급강하하여 공격해 들어갈 때 가려움증은 최고에 이른다. 또한 옴진드기 알들은 강렬한 알레르기 반응을 일으킨다. 잔인하기 짝이 없는 자연의 이중 재난이 아닐 수 없다. 가렵다고 긁으면 가려움증은 더더욱 심해지기만 할 뿐.

우리의 벌레 팬들은 왜 언제나 모낭진드기와 옴진드기를 함께 묶느냐고 묻는다. 그 이유는 이놈들이— 모낭진드기는 얼굴에서 그리고 옴진드기는 몸의 다른 부위에서—우리 몸 전체에서 잔치를 벌이기 때문이다. 또한 우리가 원래 좀 이런 식으로 분류하는 걸 좋아한다.

모낭에서 나오고 있는 모낭진드기

옴진드기

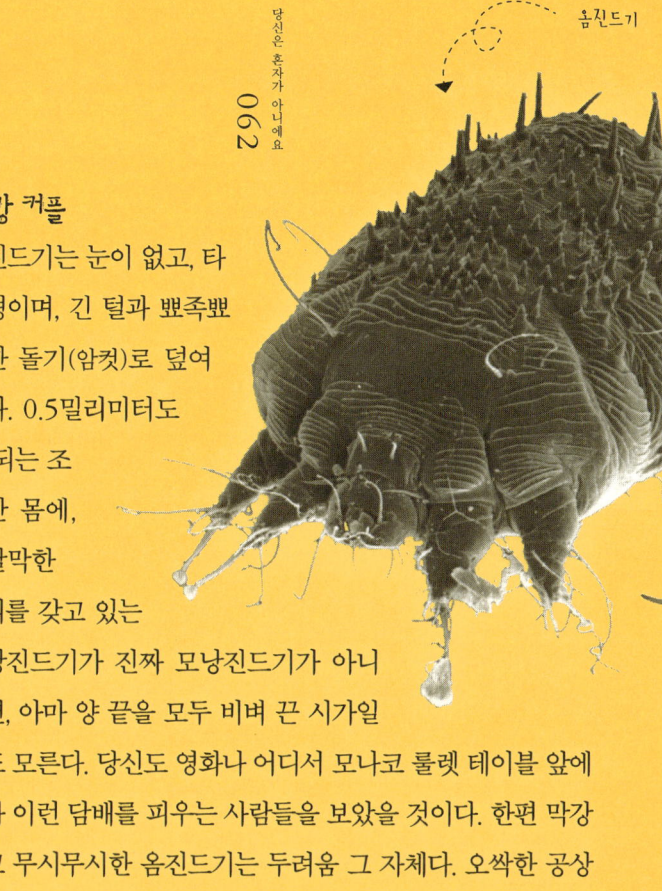

최강 커플

옴진드기는 눈이 없고, 타
원형이며, 긴 털과 뾰족뾰
족한 돌기(암컷)로 덮여
있다. 0.5밀리미터도
안 되는 조
그만 몸에,
땅딸막한
다리를 갖고 있는
모낭진드기가 진짜 모낭진드기가 아니
라면, 아마 양 끝을 모두 비벼 끈 시가일
지도 모른다. 당신도 영화나 어디서 모나코 룰렛 테이블 앞에
앉아 이런 담배를 피우는 사람들을 보았을 것이다. 한편 막강
하고 무시무시한 옴진드기는 두려움 그 자체다. 오싹한 공상
과학 만화 시리즈 〈이블 콘 카르네evil con carne〉의 한 장면을
연상시킬 만큼.

먹고 옮기고 사랑하라

옴진드기의 짝짓기는 당신의 살갗 물침대에서 곧바로 이루
어진다. 짝짓기가 끝난 후에 암컷은 다리에 붙어 있는 흡착기
와 날카로운 다리, 그리고 턱을 이용해 당신 피부 맨 바깥층

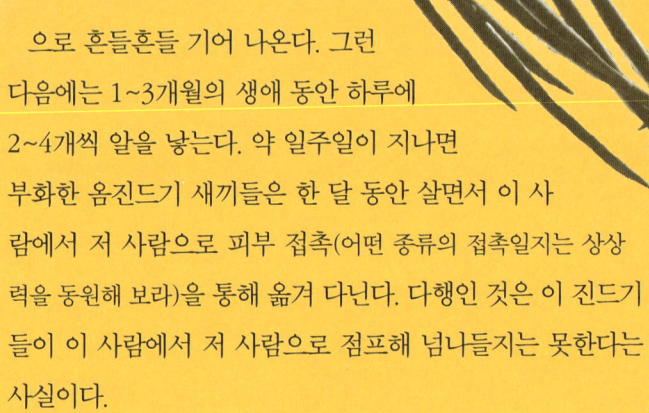

으로 흔들흔들 기어 나온다. 그런
다음에는 1~3개월의 생애 동안 하루에
2~4개씩 알을 낳는다. 약 일주일이 지나면
부화한 옴진드기 새끼들은 한 달 동안 살면서 이 사
람에서 저 사람으로 피부 접촉(어떤 종류의 접촉일지는 상상
력을 동원해 보라)을 통해 옮겨 다닌다. 다행인 것은 이 진드기
들이 이 사람에서 저 사람으로 점프해 넘나들지는 못한다는
사실이다.
암컷 모낭진드기는 모낭 하나에 25개 정도의 알을 낳는다.
산란 후 며칠이 지나면 새끼들이 성숙하여 당신의 온 얼굴을
돌아다닌다. 짝을 찾아 짝짓기를 하기 위해서다. 짝짓기를 하
고 나서는, 당연히 알을 낳기 위해 먹이가 풍부한 모낭을 찾
아간다. 성性 성숙기는 부화한 지 10일에서 14일 후, 생의 중
반기에 이르면서 도달한다.

서식지
옴 발진 또는 나란히 곡식을 심어 놓은 밭고랑처럼 보이는

모낭진드기가 붙어 있는
눈썹 뿌리 부분

'굴(구멍)' 같은 피부 병변은 팔꿈치, 팔목, 겨드랑이, 그리고 엉덩이 주변에 가장 많이 생긴다. 약간의 위안이 되는 사실은, 옴진드기가 얼굴을 좋아하는 것 같지는 않다는 점이다(아마도 먹이를 놓고 모낭진드기와 경쟁을 벌여야 하기 때문이 아닐까). 이놈들은 물론 현미경으로 봐야만 보이지만, 피부에 굴 같은 반점이 생겼고, 그 구멍에서 흰 색깔의 바늘 끝만 한 아주 작지만 소름끼치는 벌레를 봤다면, 빙고!

은밀한 동거

옴진드기는 어떤 증상이 나타나기 전부터 당신 몸에 잠복해 있을 수 있다. 그 말은 당신이, 아니면 그들이 이런 사실을 알기 전부터 이미 수많은 사랑하는 이들을 당신이 품고 있었을 수도 있다는 뜻이다. 옴진드기를 박멸하기 어려운 이유도 바로 그래서다. 옴에 감염되었다는 사실을 알았을 때는 이미 그 주범은 사라진 지 오래다.

모낭진드기는 여섯 개의 다리를 갖고 태어나지만, 다른 많은 진드기들처럼 며칠 뒤면 다리 두 개가 더 생긴다.

섭식

암컷이나 수컷이나 밤에 깨어나서 식사를 한다. 만일 옴진드기 한 마리가 기어 다니는 느낌이 든다면(안됐군!), 아마도 암컷 진드기일 확률이 높다. 암컷이 수컷보다 두 배는 더 긴 몸을 가졌기 때문이다.

모낭진드기(얼굴진드기라고도 한다)는 모낭과 죽은 피부를 붙들고 먹을 수 있는 특별히 잘 발달한 작은 발톱과 뾰족한 주둥이를 갖고 있다. 각질은 이 진드기들이 모낭을 꼭 붙들 수 있게 해 주는 닻 역할을 한다.

모낭진드기는 또한 눈물 생산에 문제를 일으킬 수 있다. 이보다 더 눈물 나는 일이 또 있을까?

스키니 진 입고 비 맞기

옴에 감염된 개가 걸린 피부병을 '흡윤개선mange(옴에 걸린 개란 뜻의 'mangy mutt'에서 나온 말)'이라고 한다. 개의 몸에 사는 진드기가 인간 피부로 옮겨갈 수 있는 방법을 찾아낸다면, 비명횡사하기 전에 먼저 가려움증으로 죽을 만큼 고생해야 할 것이다. 몸이 젖은 채로 다니거나 옷을 꼭 끼게 입는 것도 옴진드기를 불러들이는 일이다.

또한 개들은 데모덱스 카니스Demodex canis라고 하는 개에서 만 사는 모낭충을 갖고 있지만 인간에게 옮기지는 않는다. 하 지만 어떤 이유로든 면역력이 떨어지면 노르웨이 옴Norwegian Scabies이라는 치명적인 모낭충이 침입해 피부 전체에 딱지가 앉으면서 심각한 염증을 일으키기 쉽다.

인정사정없이

옴진드기는 숙주(그러니까, 당신)를 벗어나서는 오래 버틸 수 없다. 그렇게 되면 단 며칠 만에 몸이 말라붙어 죽는다. 따라 서 만일 당신이 그놈들을 몸에서 떼어 놓을 수 있다면(게임 끝!), 놈들의 시간이 얼마 남지 않았다는 사실에 회심의 미소 를 지을 수 있을 것이다.

옴진드기를 박멸시키기 위해서는 놈들이 있다는 증거가 되 는 지그재그로 파놓은 '굴'을 찾아야 한다. 일단 찾아내면 의 사의 처방이 필요한 연고를 발라 옴을 치료할 수 있다. 옴진 드기가 가족 중에서 한 사람만 공격하는 경우는 드물기 때문 에 가족 모두가 동시에 치료를 받아야 한다. 연고를 바를 때 도 머리에서 발끝까지 구석구석 잘 발라야 한다.

몸을 치료한 다음에는 모든 옷과 침구를 뜨거운 물에 세탁해

야 한다. 그러나 옴진드기를 모두 처리했다고 해도 한 달은
더 죽은 진드기가 피부에 남아 있을 수 있다. 이것들은 피부
에서 자연적으로 각질이 떨어지면서 모두 없어진다.

가끔씩은 많은 모낭진드기들이 한 덩어리가 되어 동시
에 속눈썹 하나를 공격하기도 하는데, 이런 경우 모낭충증
demodicosis이 생길 위험이 높다. 자극과 염증이 몹시 심해지
면 눈썹이 빠져버리는 모낭충 안검염demodex blepharitis으로 이
어질 수도 있다.

그들만의 천국

눈썹을 하나 뽑아서 현미경 아래에 놓고 보라. 당신의 모낭에
서 배불리 먹으면서 행복하게 살아가는 한 무리의 진드기들
을 발견할 수 있을 것이다.

인간의 피부에 붙어 있는 옴진드기

서양좀벌레와
집게벌레

다섯 마리

곤충학자들은 서양좀벌레와 집게벌레를 함께 묶는 것에 동의하지 않을지 모르지만, 이 둘에 관해 알면 알수록 둘을 같이 묶는 것이 적절하다는 생각이 든다. 서양좀벌레와 집게벌레 둘 모두 종이와 전분, 책을 제본하고 벽지를 붙이는 풀과 같은 끈끈한 먹이를 좋아한다.

서양좀벌레 Silverfish 와 집게벌레 Earwigs

학명 Lepisma saccharina, Forficula auricularia

밤이 되면 꾸물꾸물 기어 나오는 이 두 놈은 슬금슬금 옆 걸음질 치는 데도 아주 능해서 발레리노 미하일 바리시니코프가 아주 자랑스럽게 여겨줄 정도이다.

서양좀벌레와 집게벌레는 둘 다 꼬리 부분이 매우 멋들어지게 생겼다. 서양좀벌레는 세 개의 매우 길고 가느다란 더듬이를 보란 듯이 자랑하며 다니고, 집게벌레는 트레일러의 견인 장치처럼 생긴 작고 둔중한 갈색 갈고리를 갖고 있다.

은빛물고기 silverfish

서양좀벌레는 예전부터 우리 가정에서 함께 살아왔다. 우리가 먹는 것이면 어느 것이나 먹고, 죽은 동물도(죽은 사람마저도) 마다하지 않는다.

심지어는

탈피하느라

제 몸에서 떨어져 나온

피부 조각도 먹어 치운다. 이들

은 특이하게 오래 살고(7년이나!)

새끼도 아주 많이 낳는다. 한 번에

알을 100개까지도 낳는다. 몸은 납작하고 비

늘로 덮여 있으며 은색 금속성 광택이 난다. 은빛물고기

silverfish라는 영어 이름도 이놈들이 물고기처럼 생긴 데서

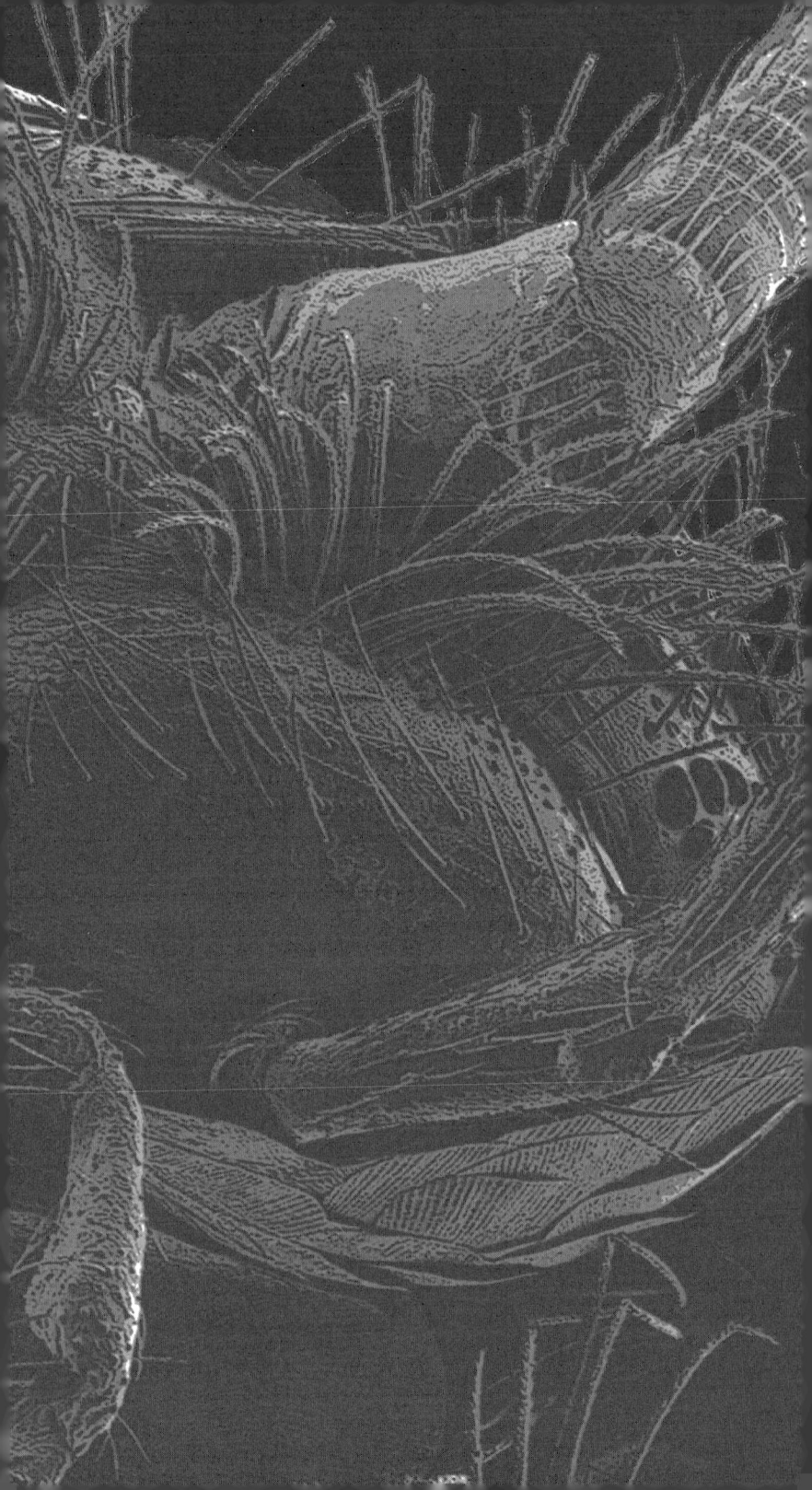

얻은 것이다.

서양좀벌레는 다리가 여섯 개나 있어 저 혼자서도 얼마든지 돌아다닐 수 있건만, 상자, 책, 종이에 올라타고 사람을 따라 돌아다니는 것을 더 좋아한다. 다른 많은 원시적인 곤충들처럼 이들도 날개는 없다. 오싹한 까꿍 놀이라도 하자는 듯 가는 곳마다 탈피한 껍데기를 유인물처럼 남기고 다니면서 해충박멸업자를 약 올린다. '나 잡아 봐라!'

서양좀벌레

이어윅가 earwicga

집게벌레는 무서운 곤충들의 공격을 그리는 만화에 자주 등장한다. 반짝반짝 빛이 나는 납작한 몸뚱이에, 혈기왕성하고, 호기심도 많은 이놈들은 몸통에 갈고리가 달려 있는 모양새가 독특하다. 그러나 우스꽝스럽고도 무섭게 생긴 외모에도 불구하고 이 곤충은 사실상 무해하다.

고대 영어 '이어윅가earwicga'는 '귀처럼 생긴 피조물'이라는 뜻이다. 우리가 좋아하는 곤충 도감에서도 지적하듯이 이놈들이 '당신 귀로 뛰어오르는 일은 없을 것'이다. 그럴 가능성은 거의 없다. 진짜로.

유럽인들은 밤이면 나타나는 이 성가신 녀석들이 잠들어 있는 사람 귀로 들어가 고막을 찢고 뇌에까지 들어가 알을 낳는다는 미신을 믿었고, 'earwig' 이라는 영어 이름도 그런 미신에서 나온 것이다. 천만다행으로 이런 일이 실제로 일어났다는 보고는 없지만(영화 〈스타트랙 2〉를 제외하고는), 아마도 그 귀염성 있는 이름 때문에 그런 이미지 가 달라붙었을 것이다.

1961년, 신발 안에 커다란 집게 벌레가 들어간 사실을 모 르고 신발을 신었다가

수컷 집게벌레

집게벌레에게 발을 물려 피가 났다는 남자의 이야기가 있었다. 으으윽! 그렇게 가끔씩 물어뜯는 경우가 있어 이놈들을 '꼬집는 벌레pincher bug'라고 부르는 사람도 있다. 또한 이놈들은 위협을 느낄 때 냄새나는 분비물을 발사하기도 한다.

다행인 것은, 집게벌레가 좋아하는 간식이 우리 인간은 아니라는 점이다. 이놈들은 먼저 살아 있거나 썩어가는 곤충, 초목 등을 먹겠지만, 정 먹을 게 없는 경우에는 인간의 피부와 혈액도 먹을 것이다.

신기한 건, 이런 위업을 본 행운아는 거의 없지만 집게벌레는 하늘을 날 수 있다! 날씨가 화창하고 따뜻한 날, 기분이 내키면 집게벌레는 1미터 이상 날기도 한다.

우리가 사는 집에서 가장 흔히 볼 수 있는 집게벌레 종은, 크기가 약 2센티미터에 이르고 몹시 징그럽게 생긴 큰집게벌레 Labidura riparia와, 1.5센티미터 크기에 그다지 징그럽게 생기지 않은 애흰수염집게벌레Euborellia annulipes, 그리고 유럽종 등세 가지이다. 수컷의 집게가 암컷의 것보다 더 많이 구부려져 있으며, 집게벌레의 생김새는 바퀴벌레와 비슷하지만 둘 사이에는 아무런 연관성도 없다.

보헤미안

서양좀벌레 알은 주변에 먹을 것이 얼마나 있고 온도가 얼마나 적절한가에 따라 다르긴 하지만, 부화하는 데 대체로 한 달이 걸린다.

서양좀벌레는 서늘하고 눅눅한 곳(세탁실, 지하실에 있는 다용도실)이면 어디서든 살 수 있다. 벽에서도 살고, 마룻바닥 아래, 어둠 속, 배 위나 기차 안에서도 산다. 하지만 세면대처럼

표면이 매끄럽고 수직으로 되어 있는 곳을 기어오르는 기술은 발달시키지 못했다.

아주 꽁꽁 숨어 있어서 그렇지 우리가 찾아낼 수만 있다면, 이놈들 수백 마리가 몇 센티미터 반경 안에서 우글거리는 모습을 볼 수도 있을 것이다. 서양좀벌레나 집게벌레 둘 모두 아주 극단적으로 게을러서 낮 동안에는 어디든 처박혀 하루 종일 잠을 잔다.

약 1,800여종에 이르는 집게벌레는, 눈으로 덮인 알프스 산맥이나 바다 해안선을 비롯하여 그 어떤 생태계에서도 살 수 있다.

서적광

서양좀벌레는 도서관 사서가 악몽으로 여기는 존재다. 흰개미들처럼 이놈들도 셀룰로오스 분해 효소를 이용하고, 종이를 무척 좋아한다. 오래된 고전일수록 좋고, 곰팡이가 피었다면 아무 책이라도 환영이다. 이상한 건 이놈들이 먼지는 싫어한다는 점이다. 좋아하는 간식은? 인조 견직물이다. 그러나 서양좀벌레는 아무것도 먹지 않고도 한 달이나 버틸 수 있다.

서양좀벌레

번식

수컷 서양좀벌레는 근처에 자기의 환상을 사로잡는 암컷이 있을 때 '정포spermatophore'라고 하는 정자 주머니를 생산한다. 암컷은 정자 주머니를 발견하면 자기 생식기 개구부로 가져가 알을 수정시킨다.

집게벌레의 짝짓기하는 모습은 별로 보기 좋은 광경이 아니다. 짝짓기는 '엉덩이 대 엉덩이', 즉 '집게 대 집게'로 이루어지는데 일부 집게벌레 종은 집게가 가장 큰 수컷을 선택한다. 보통 짝짓기가 끝난 다음에 수컷은 황급히 도망친다.

엄격한 기준

대부분의 곤충들과는 다르게 집게벌레 어미는 새끼들이 부화한 다음에도 새끼들을 돌본다. 커다란 집게를 휘두르며 보금자리를 지키고, 먹이를 구해 오거나 제 뱃속에서 게워 내어 새끼들에게 먹인다. 부화하기 전에도 행여나 알이 곰팡이에 감염될까 로티세리rotisserie, 고기를 쇠꼬챙이에 끼워 돌려가면서 굽는 기구—옮긴이를 굴리듯 핥거나 굴리면서 돌본다.

그러나 집게벌레 어미도 기분이 좋지 않을 때는 주저 없이 자기 알을 삼켜버린다. 어미는 새끼가 부화해 두세 번의 탈피 단계(영齡이라고 부른다)를 거칠 때까지는 기꺼이 양육하지만, 이 단계를 지나 짜증이 일도록 어미 곁을 떠나지 않는 새끼는 먹어 치워 버리는 수가 있다.

뜨거운 것이 좋아

서양좀벌레를 부르는 다른 영어 이름으로는 물고기좀벌레
라는 뜻의 'fishmoths', 그리고 짧고 뻣뻣한 꼬리라는 뜻의
'bristletails'가 있다. 또한 어떤 좀벌레는 뜨거운 것을, 진짜
로 뜨거운 것을 좋아한다. 370종도 넘는 서양좀벌레 사촌
뻘 되는 종들 가운데서 '얼룩좀firebrat'이란 이름을 가진 놈들
은 오븐, 화덕, 뜨거운 물이 흐르는 온수관을 무척이나 좋아
한다. 이놈들은 밀방망이로 머리를 힘껏 두들겨 맞기라도 했
는지 꽈당꽈당 연신 머리를 찧어 대던 멍텅구리 삼총사〈Three
Stooges〉, 1930년대 미국 코미디물─옮긴이보다도 더 제 정신이 아닌 걸
로 보인다.
일부 서양좀벌레는 개미와 흰개미 둥지를 습격해서 새끼들
을 잡아먹기도 한다. 그러나 진짜 이상한 별종은 집게벌레로,
이놈들은 하루 종일 혀로 자기 온몸을 구석구석 핥아서 청소
하기를 즐긴다.

집 비우기

집게벌레는 신문지를 돌돌 말아 결정적인 한 방을 날려주면

꼼짝 없이 당하고 만다. 그러나 아무리 그러고 싶은 마음이 굴뚝같아도 이놈들을 내려치는 일은 삼가라. 그랬다간 집 안에 온통 냄새를 풍기게 될 것이다.

심장이 약한 사람이라면 신문지를 돌돌 말은 다음 물에 흠뻑 적셔 며칠 동안 밖에 그대로 두라. 집게벌레가 신문지 안으로 오글오글 모이면 이웃집 뜰에다가 놈들을 떨어뜨려라. 참으로 인간적인 해충 통제법이 아닌가!

또 다른 방법들이라면, 유독성 먼지 폭탄 터트리기, 붕산을 섞은 미끼로 죽이기, 살충제 분무하기, 구멍 꽁꽁 막기, 빈틈없이 창유리 접합제 붙이기, 집에 있는 파이프 주변 모조리 봉쇄하기, 집 주변을 깨끗하고 건조하게 유지하기, 책장에 꽂힌 책들 가끔씩 돌려놓기, 음식 밀봉해서 보관하기…… 에구구, 그래도 안 된다면 차라리 내가 집을 나가자.

지금까지 이런 말을 해 준 사람은 아무도 없을 테지만, 우리는 해 줄 것이다. 닭들이 집게벌레 간식을 무척 좋아한다.

자, 여기까지 해도 도무지 집 안에서 집게벌레를 쫓아낼 수 없다면, 집으로 불러들여라. 이놈들은 집 안에서는 번식을 하지 못하므로(화분에서 자라는 식물을 제외하고는) 결국은 자멸하고 말 것이다.

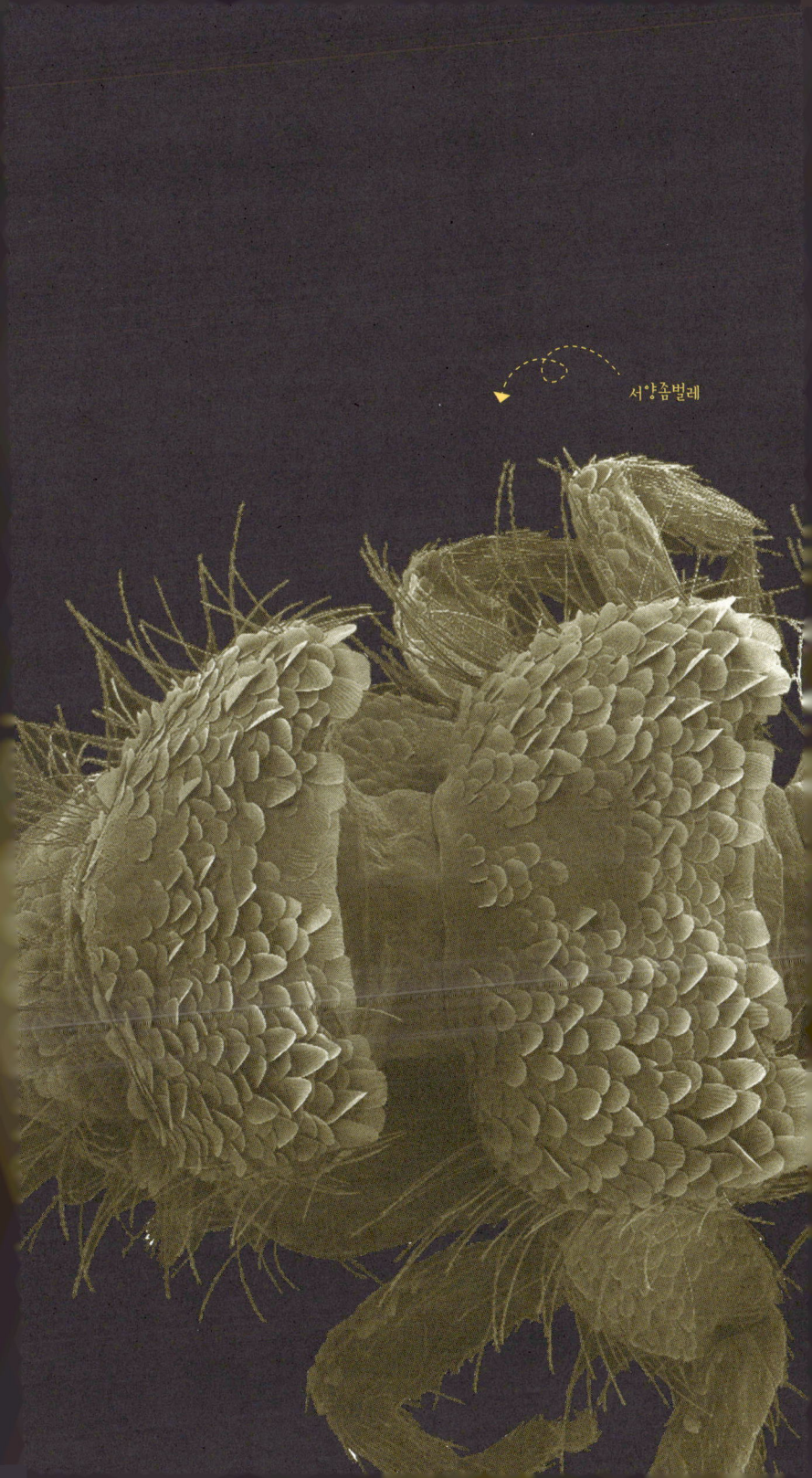

서양좀벌레

파리

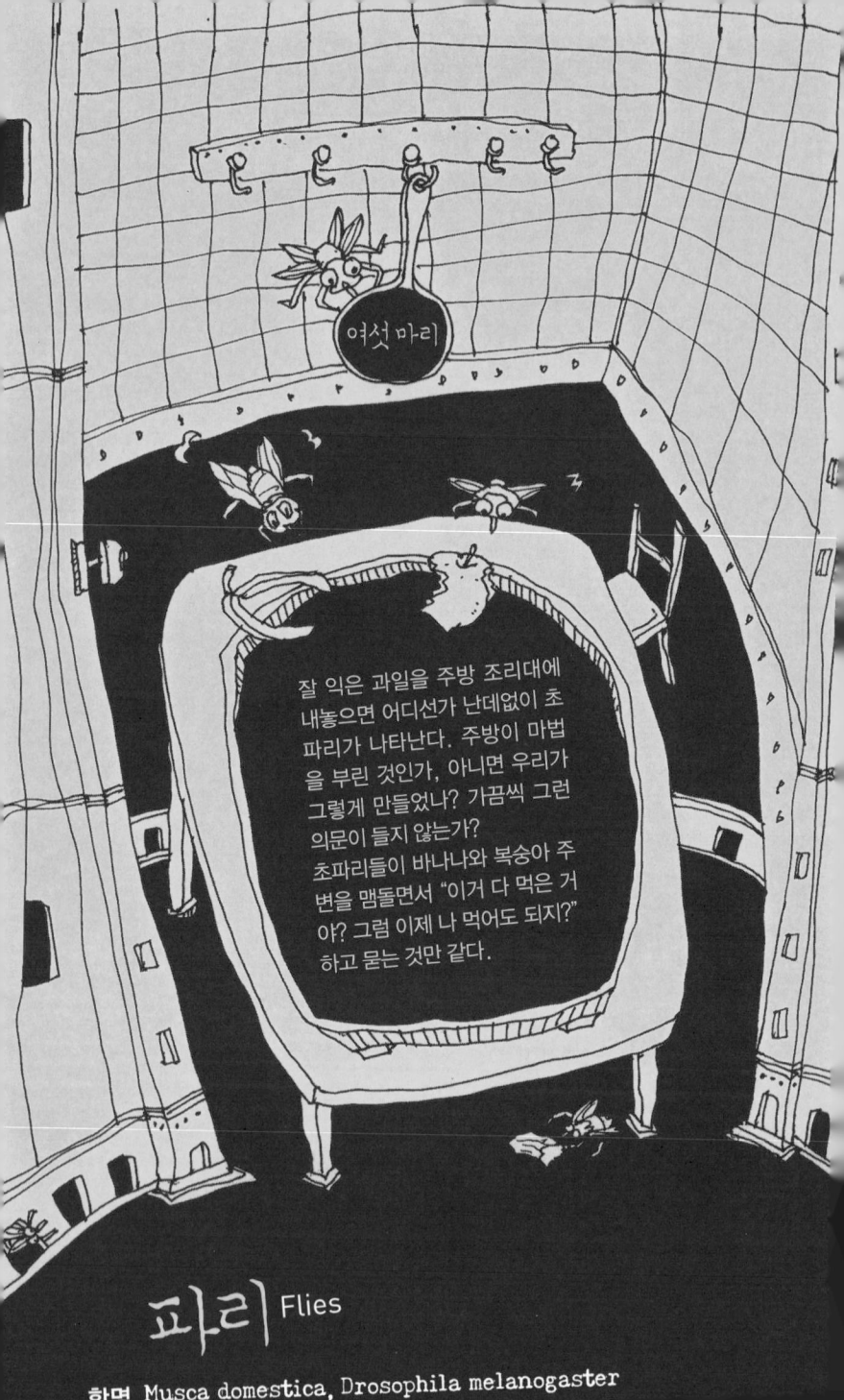

여섯 마리

잘 익은 과일을 주방 조리대에 내놓으면 어디선가 난데없이 초파리가 나타난다. 주방이 마법을 부린 것인가, 아니면 우리가 그렇게 만들었나? 가끔씩 그런 의문이 들지 않는가?
초파리들이 바나나와 복숭아 주변을 맴돌면서 "이거 다 먹은 거야? 그럼 이제 나 먹어도 되지?" 하고 묻는 것만 같다.

파리 Flies

학명 Musca domestica, Drosophila melanogaster

아무것도 없는 데서 느닷없이 초파리 군단이 나타나는 현상을 '자연발생설spontaneous generation'이라고 한다. 그렇지만 이건 터무니없는 소리다. 실제로는 이 붉은 눈을 가진 곤충이 나온 곳이 어딘가에 분명 있다. 하지만 거기가 어딘지는 차라리 모르는 편이 나을 것이다. 그 사실을 알았다가는 이 초파리 놈들과 술 마시기 게임을 하고 싶은 마음이 달아나 버릴 테니까. 이놈들은 체중에 비해서는 과일주를 엄청나게 많이 마시는 편이지만, 술에 금방 취해버려 돈이 별로 들지 않는 데이트 상대다. 초파리는 알코올 냄새만 맡고도 취해 버린다!

집파리

당신이 병이 났을 때 그 병을 옮긴 주범이 집파리일 확률도 꽤 높다. 집파리는 다리에 콜레라, 결핵, 탄저병, 흙에서 사는 기생충을 비롯하여 백 가지 이상의 병원균을 묻혀 와 인간에게 퍼트린다. 파리들은 이런 병균을 자기들이 가장 좋아하는 '식당'인 쓰레기, 똥 더미, 죽은 동물, 썩은 음식에서 얻어와 입과 장 분비물을 통해, 그리고 오염된 파리 몸을 통해 당신과 당신 집에 옮긴다. 파리야, 귀한 것들을 나누어 주다니, 죽이고 싶게 고맙구나!

초파리

몸은 노란색이고, 크기는 3밀리미터 정도이며, 약 800개의 영상 수용체로 이루어진 밝은 붉은 색 눈을 가졌다. 몸의 앞부분은 황갈색이고, 뒷부분은 검은색이다(수컷이 더 진한 검은색이다). 배를 빙 둘러 검은색 고리 무늬가 있고, 암컷이 수컷보다 0.1밀리미터 정도 몸이 더 크다.

집파리

몸길이는 6밀리미터로 초파리보다 약 두 배 더 크다. 암컷이 수컷보다 눈 사이 공간이 훨씬 더 넓고(물론 그게 다 보일만큼 파리가 가까이 있으면 때려 잡기 바빠 눈 사이 간격 따윈 안중에

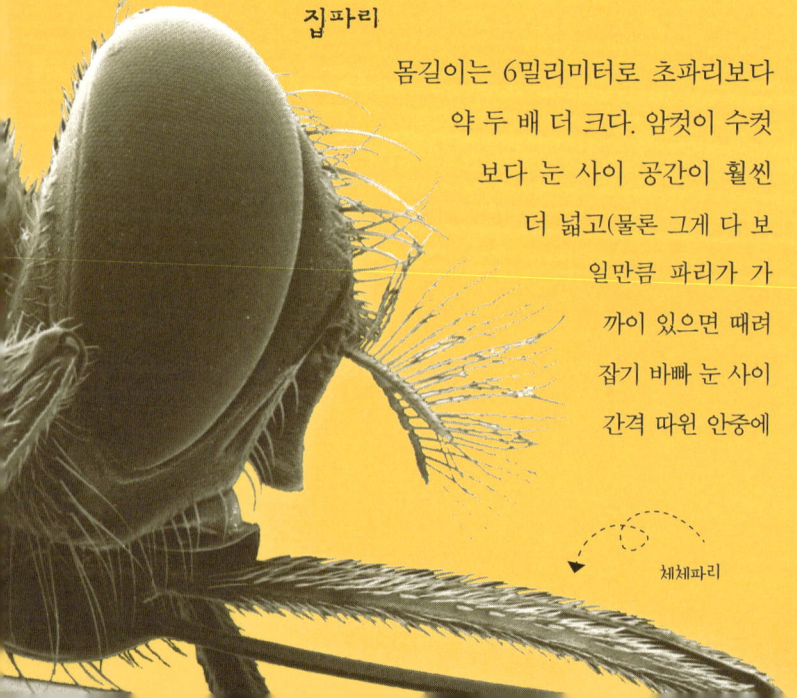

체체파리

도 없을 테지만) 몸도 더 크다. 몸은 회색이고 화려한 초록색
눈을 가졌으며, 가슴 부분에 네 개의 옅은 검은색 줄무늬가
있다.

다산

파리는 쓰레기가 널린 야외로 나가 낭만적인 데이트를 즐긴
다음 천천히 과일 바구니 주변
을 날며 부드럽게 윙윙거리지
만, 짝짓기는 좀 거칠다.
날개를 비벼서 내는 구애
의 노래로 짝을 유혹한 후
에는 암컷의 복부를 힘차
게 끌어안고 한 쌍의 교미
기관을 내놓는다. 암컷이
뒷다리로 수컷을 차서 쫓
아 버릴 때까지 약 10분 동
안을 몸부림치다가(가끔씩
은 비행 중에 이런 수작을 벌이
기도 한다) 다른 암컷을 찾아
날아간다. 분위기를 돋울 배리
화이트의 노래도 필요치 않고,

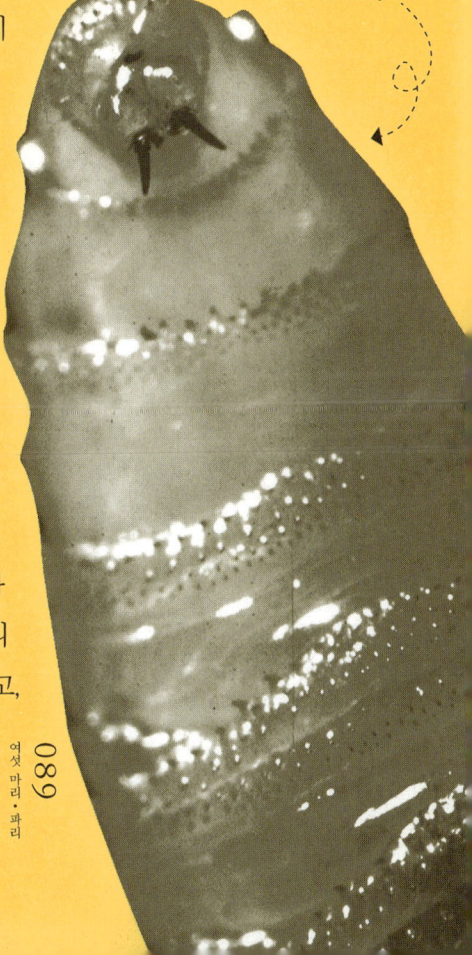

나선구더기 유충

집파리

상대방 부모와의 상
견례도 필요 없다.
짝짓기 후에 암컷은 과일, 고기, 아니면 다른 부패하고 있
는 음식 위에 약 400개의 알을 낳는다. 파리는 일생동안 약
2,000개의 알을 낳고, 알은 주변 온도에 따라 달라지기는 하
지만 약 2주 만에 부화한다.
초파리 구더기 또는 애벌레는 몇 번에 걸쳐 탈피를 하고, 약
한 달 동안 살 수 있으며, 집파리는 15일에서 30일을 산다.

웩!

초파리의 학명 드로소필라 멜라노가스터Drosophila melanogaster
는 그리스어로 '배가 검고 이슬을 좋아하는 것black-bellied
dew-lover'이란 뜻이다. 그래서 이놈들
이 가장 좋아하는 것이 물과 똥인
모양이다(dew, 즉 물과 동음이의어
인 doo, 똥 말이다).
초파리는 달콤하고 썩어 가는
것이면 무엇이나 먹고, 효소를
이용하여 식초, 설탕, 독한 알
코올(식사에 곁들이는 포도주
보다 더 독한)을 자기들이 좋

아하는 작은 조각으로 분해한다.

집파리는 부패한 액체로 성찬을 즐긴다. 오늘밤 당신 부엌에서 이런 먹이를 제공한다면 파리가 날아들어 올 것이다. 고체 먹이라면 집파리는 침과 구토액, 거기다 분변까지 섞어 액체 먹이로 만들어 먹을 것이다!

참고사항: 벽에 점점이 박혀 있는 '파리똥 얼룩'은 파리가 싸놓은 똥과 구역질 해 놓은 음식물이다.

모순

초파리는 우리를 무척 귀찮게 하지만, 꿀벌이나 말벌처럼 꽃가루 화분 작용을 하기도 하고, 정말로 해로운 곤충을 죽이기도 한다. 생식작용도 빨리 이루어지고 성숙도 빠르다는 유전학적인 장점으로 인해 대부분의 지친 생물학자들의 열정에 불을 댕겨 주는 존재이기도 하다. 초파리는 유전학, 생리학, 진화학 분야에서 가장 자주 연구 대상이 되는 생물이다. 또한 애완용 바다새우 씨몽키sea monkey보다도 애완동물로 삼기에 더 쉽지 않을까 생각한다. 그러니 저기, 그 파리만 봤다 하면 파리채부터 휘두르는 터프 가이들, 너무 그렇게 성급하게 굴지 말고 다시 한 번 생각해 보시길!

파리 대왕

고대 유대인들이 경쟁자를 모욕하는 방법은 그들의 베엘제 붑(Beelzebub, 1975년에 나온 퀸의 '보헤미안 랩소디'에 등장 하는 영웅) 또는 모든 '파리의 왕' 숭배를 맹비난하는 것이었다. 베엘제붑은 팔레스타인에서 숭배 받던 신들 가운 데 하나로 이 말은 또한 히브리어로 '파리의 왕'을 뜻한 다-옮긴이 파리는 똥에서 살고, 이것 은 실제로 엄청난 모욕으로 간주 되었다.

음악 이야기가 나왔으니 말이지만, 비록 집파리가 구역질을 일으키는 해 충이라고 해도 놀라운 음악적인 재 능을 가졌다는 사실만큼은 인정해 줘 야 한다. 파리의 윙윙거리는 소리는 날개 를 비벼서 내는 소리인데, 날개를 더 빠르게 비

곱추파리의 유충

빌수록 고음의 소리가 나온
다. 집파리는 중간 옥
타브의 F음조로 소
리를 내는데, 이런
소리를 내기 위해
서는 초당 약 350번,
분당 2만 번 날개를 비벼야
한다.

아이러니

20세기 초반에는 길거리를 달리던 말들이
자동차로 대체되면서 환경오염을 줄일 수
있을 것으로 기대했다. 파리는 말똥을 좋아하
니, 말이 줄면 파리도 줄어들 거라고 믿었던 것이다.

끔찍한 취향

위험한 말파리human botfly, 학명은 Dermatobia hominis가 일부 가정
집에 출몰한다는 보고가 있었다. 처음에 이놈들은 피부 아래
로 기어 다니다가 나중에는 당신 몸에서 2.5센티미터 정도
몸뚱이를 드러낸 유충으로 나타날 것이다. 아니면 그 유쾌한

벼룩파리coffin fly는 어떤가? 이놈들은 인간을 어찌나 사랑하는지, 살아 있지 않은 인간마저도 좋아한다. 아마 관 안에서라도 우리가 올 때까지 기다려 줄 것이다.

당신이 만날 수 있는, 집을 좋아하는 또 다른 파리로는 지렁이금파리cluster fly가 있다. 이놈들은 어찌나 고약하고 엉망진창으로 생활을 하는지 "다윈도 이런 사실을 알았을까?" 하고 묻고 싶어질 지경이다.

봄이면 암컷 지렁이금파리는 흙에다 알을 낳고, 일주일 후면 알에서 부화한 새끼가 지나가는 지렁이의 몸 안으로, 어떤 경우는 생식기로 파고 들어간다. 이놈들은 지렁이를 안에서부터 파먹고 숨을 쉬기 위해 만들어 놓은 구멍을 통해 숙주 몸에서 나왔다가, 번데기가 되기 위해 다시 흙 속으로 돌아간다. 나중에는 식사를 하고 영화를 감상하기 위해 당신 집으로 머리를 들이밀 것이다.

문워크

1954년에 한 쌍의 초파리를 대상으로 이루어진 한 고전적인 (그러나 논란을 불러 일으켰던) 연구가 있었다. 만일 암컷이 알 100개를 생산하여 모두가 살아남는다면, 6개월이 지나 25세대에 이르러서는 10^{41}마리가 될 것이라는 내용이었다.

과학자들은 "이렇게 많은 파리들을 가로, 세로, 높이가 1인치인 정육면체 안에 넣고 1,000마리씩 단단하게 밀착시켜 덩어리를 만들면 지구에서 거의 태양에까지 이를 만큼 많은 덩어리들을 만들 수 있을 것이다"라고 말했다.

파리는 뒤로 날 수 있는 몇 안 되는 곤충이기도 하다!

자, 이제 파리에 대해 속속들이 파악했으니 이놈들을 퇴치해 보자고? 하! 그거 좋은 생각이다. 사람들은 덫, 파리 잡는 끈끈이, 독약을 써 보지만, 차라리 빨간 구두를 딱딱 마주치면서 제발 나 좀 귀찮게 하지 말아 달라고 빌어 보는 편이 더 효과적일 것이다.

곱추파리

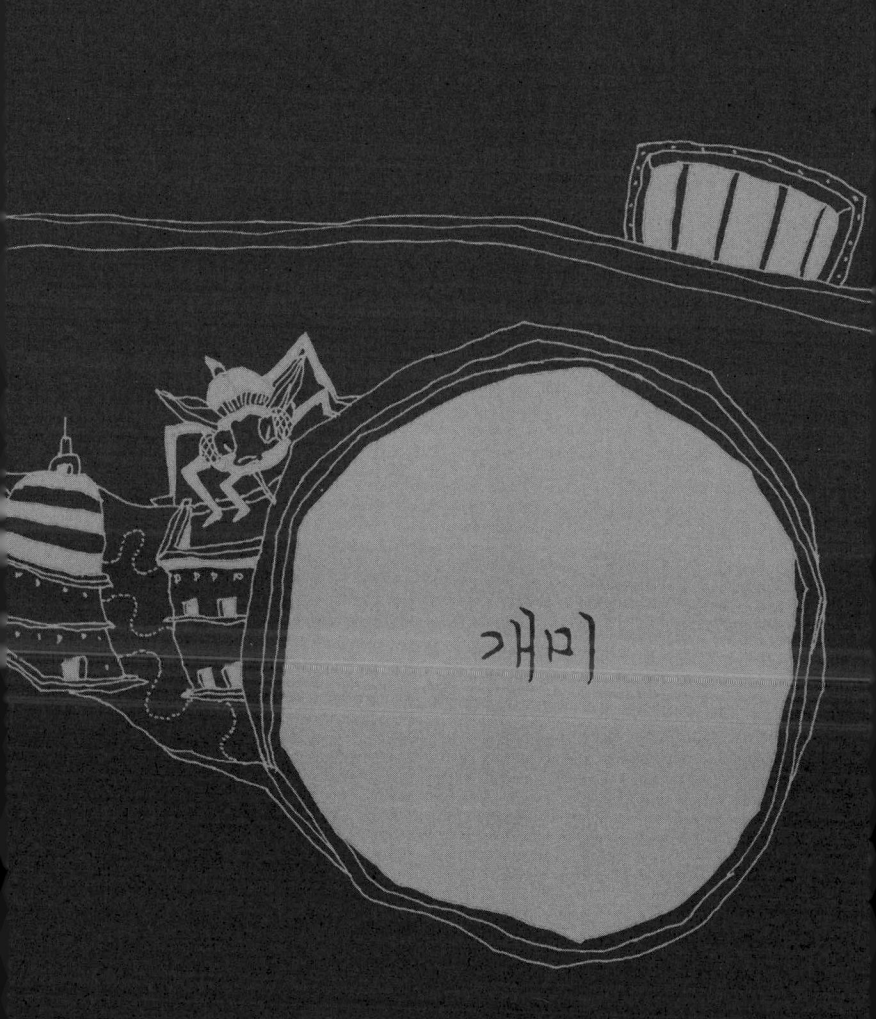

개미

일곱 마리

개미가 무서운 건 사납기 때문은 아니다(사실 개미들 대부분은 사납지 않다). 이 녀석들은 마치 기계처럼 효율적으로 세균을 퍼트리기 때문에 무섭다. 가정에 사는 해충 중에 통제하기 가장 어려운 것이 바로 개미다. 개미들은 매우 조직적으로 움직이므로 실패를 모르고, 못된 벌레들로 보기에는 너무 멋진 녀석들이다. 곤충 세계의 돌풍 군단인 개미들은 당신이, 당신 집 부엌에서 나가주기를 원한다. 지금 당장!

out!

개미 Ants

학명 Monomorium pharaonis, Tapinoma sessile, Solenopsis invicta

개미는 부엌에서 일을 벌이기 좋아한다. 대학교 기숙사에서 신입생 환영 파티를 할 때처럼. 개미들도 당신만큼이나 당신 부엌을 사랑한다. 하지만 꼭 부엌이 아니라도 지속적으로 달고 끈끈한 음식만 공급된다면 무엇이나 먹어 치우는 개미가 언제나 주변에 들끓을 것이다. 특히 멜론이라면! 멜론의 과육은 부드러우면서 아주 단맛이 나서 개미들이 무척 좋아한다. 개미들은 멜론이라면 사족을 못 쓴다.

사악한 개미들

파라오개미pharaoh ant 는 포도상구균과 살모넬라를 비롯하여 십여 종의 위해한 세균을 옮긴다. 그러나 이 개미들이 물거나 쏘는 일은 드물다. 코코넛개미odorous house ant 는 으깨어 죽이면 강한 자극성의 썩은 코코넛 냄새를 풍기기 때문에 이런 이름을 얻었다. 이놈들의 수명은 몇 년에 이르고, 더듬이를 이용해 집에 있는 식품을 엉망으로 만들어 놓는다. 사악한 불개미fire ant 는 미국 남부 지방과 남부 캘리포니아 같은 지역에 많이 분포하고, 그 분포 지역이 점점 더 넓어지고 있다. 이 개미들은 아이들, 애완동물, 병약한 사람을 공격한다. 1998년에는 미시시피에서 병을 앓고 있는 66세의 노인이 이 개미에 수백 차례 쏘여서 목숨을 잃었다. 불개미를 화나게 하지 말지어다.

생식개미들은 모두 네 개의 날개가 있고, 특징적으로 구부러진 더듬이가 있으며, 우아하고 잘록한 허리 라인을 자랑한다.

파라오개미(설탕개미sugar ant 또는 오줌개미piss ant라고 불리기도 한다)는 크기가 1.5~2밀리미터로 소형 개미 종이며, 몸은 밝은 갈색으로 붉은빛이 돈다.

흔히 볼 수 있는 코코넛개미는 검은색과 갈색의 몸을 갖고 있고, 몸길이는 3밀리미터 정도이다. 다른 모든 개미들처럼 분절로 이루어져 있으며 타원형으로 생겼다.

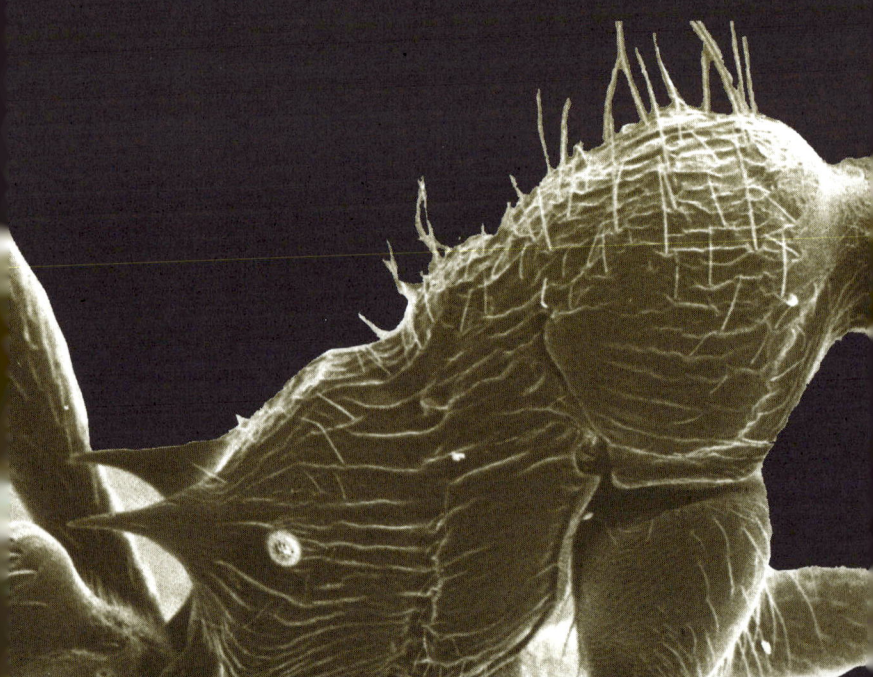

불개미는 당신이 상상한 그대로 붉은색이다. 또한 이 개미들
은 다른 종보다 몸이 큰데, 코코넛개미보다 두 배나 더 큰 놈
들도 있다.

가계도

아늑한 개미 둥지에는 형제자매, 사돈, 식객에 이르기까지 백
만 마리에 달하는 개미들이 군락을 이루어 산다. 호사스러운
생활을 하는 여왕개미가 한 마리 이상 있고, 새끼를 낳지 못
하는 한 무리의 암컷 일개미들이 여왕개미의 짝과 먹이를 구
해 오고 새끼들을 돌보는 등 온갖 살림을 도맡아 한다.
여왕개미는 날마다 알을 낳고, 알은 약 3주가 지나면 어른 일

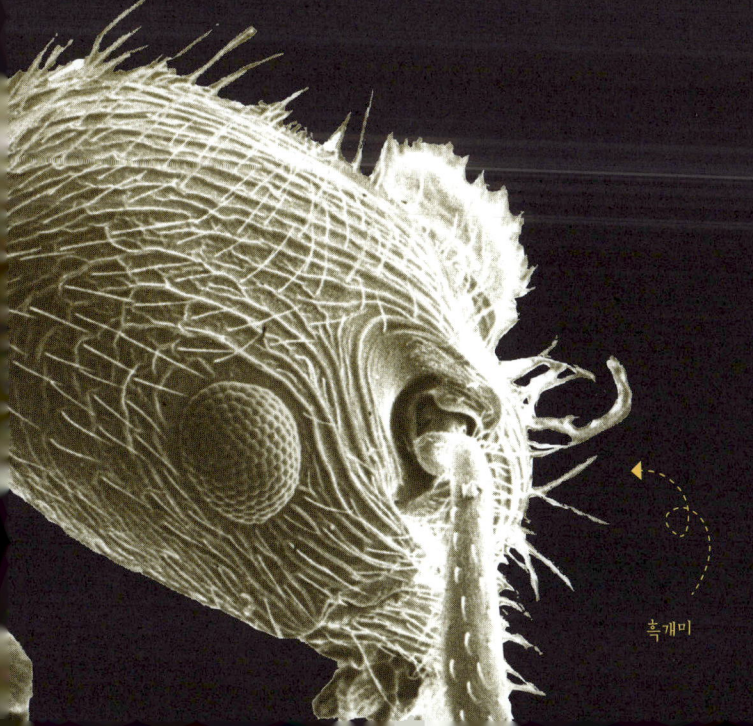

흑개미

개미가 된다. 일개미들은 자유롭게 당신 집을 드
나들면서 먹이를 모으고, 친척과 동
무들에게 맛난 것이 많은 좋

은 집이라는 사실을 알
리기 위해 화학 물질을
남겨 놓는다.

비행

그렇다. 일부 개미는 날 수 있다. 집에 출몰하는 개미떼로 인해 신경이 곤두서는 일 중 하나가 연중 일정 때가 되면 개미 군락이 수많은 생식개미와 날개 달린 수컷과 암컷 개미들을 생산한다는 사실이다. 이 개미들은 새로운 군락을 세우기 위해 날개를 펼치고 비행을 시작한다.

보통 개미들은 당신 집 안이나 근처에 군락을 세운다. 또한 날개가 달린 암개미 가운데 하나가 임신을 하면 날개를 떼어 버리고 새로운 여왕개미로 등극한다.

입실 조건

개미들은 당신 집 안 어디서나 살 수 있다. 특히 온기와 물에

서 가까운 곳을 좋아한다. 만일 개미 군락이 이곳은 살기 적당치 않다는 낌새를 느끼면《분노의 포도》에서의 조드 일가처럼 짐을 꾸려 새끼들을 모두 이끌고 새로운 살 곳을 찾아 길을 떠난다.

대부분의 개미는 전구 소켓, 집 안에서 가꾸는 화분, 다락방, 마루청 깨진 틈, 그리고 다른 비좁고 아늑한 곳을 좋아한다.

추적

개미는 박멸하기 가장 힘든 해충 가운데 하나다. 사실상 개미 몇 마리를 발견했다고 살충제를 뿌려봤자 문제만 더 키우는 꼴이다. 가장 좋은 방법은 둥지를 찾아서 살충제를 뿌리는 것이다. 문제는 개미 둥지가 절대로 우리 눈에는 보이지 않는다는 사실이다. 집 안을 온통 조각조각 뜯어 헤쳐 들여다보지 않는 이상 개미 둥지를 찾아내기는 어렵다. 그렇지만 방법은 있다. 만일 당신이 정말로 개미 군락 전체를 몰살시키고자 한다면 개미가 좋아하는 미끼를 던져 주고 감시하고

있다가, 먹이를 물고 돌아가는 개미를 끝까지 추적하는 것이다. 그러나 이 방법이 인간적일까? 좀 강박적인 행동 아닐까?

끈기

뿌리는 살충제는 사실 효과가 그리 신통치 않다. 보병 연대를 향해 장난감 고무줄 새총을 쏘는 꼴이나 마찬가지여서 낙오병 몇 놈이야 해치울 수 있겠지만 그래봤자 별 티도 나지 않을 것이다. 개미가 좋아하는 먹이(베이컨, 멜론 등)와 붕산을 100대 1로 혼합해 병뚜껑에 담아 집 안 곳곳에 전략적으로 둔다면(아이들과 애완동물은 피해서) 개미 군락을 처치할 수 있다. 하지만 군락 전체를 몰살시키기까지 한 달은 기다려야 할 것이다.

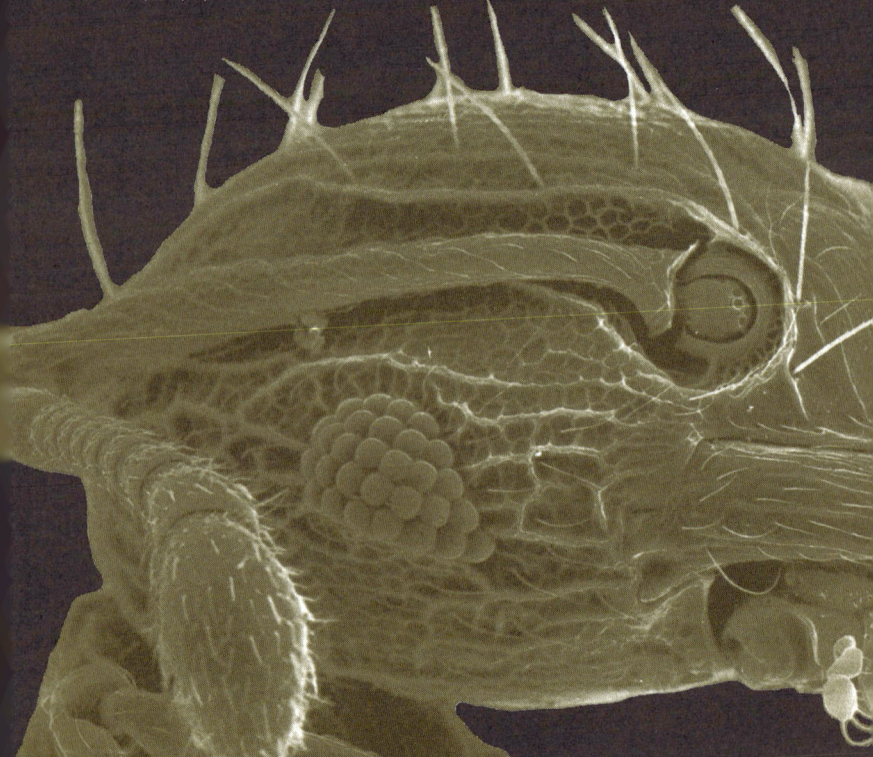

창조주의 뜻

위대한 창조주가 불개미를 무엇에 쓰려고 만들었는지, 인
간인 우리는 알 수 없다. 이 개미들은 사악하고 고약한 성미
를 가진 고집불통의 악당들로 아무 이유도 없이 사람을 물고
또 물어댄다. 미국에 불개미가 퍼지게 된 것은 1930년대에
아르헨티나에서 앨라배마 주 모
바일로 들어오는 배를 통
해 유입되면서부터
였다. 불개미는 현
재 캘리포니아
오렌지 카운티
1,280제곱킬
로미터에 걸쳐
분포한다.
불개미가 미국에 들어온 이후로 적어도 80명
이 이 개미에 물려 목숨을 잃었다.

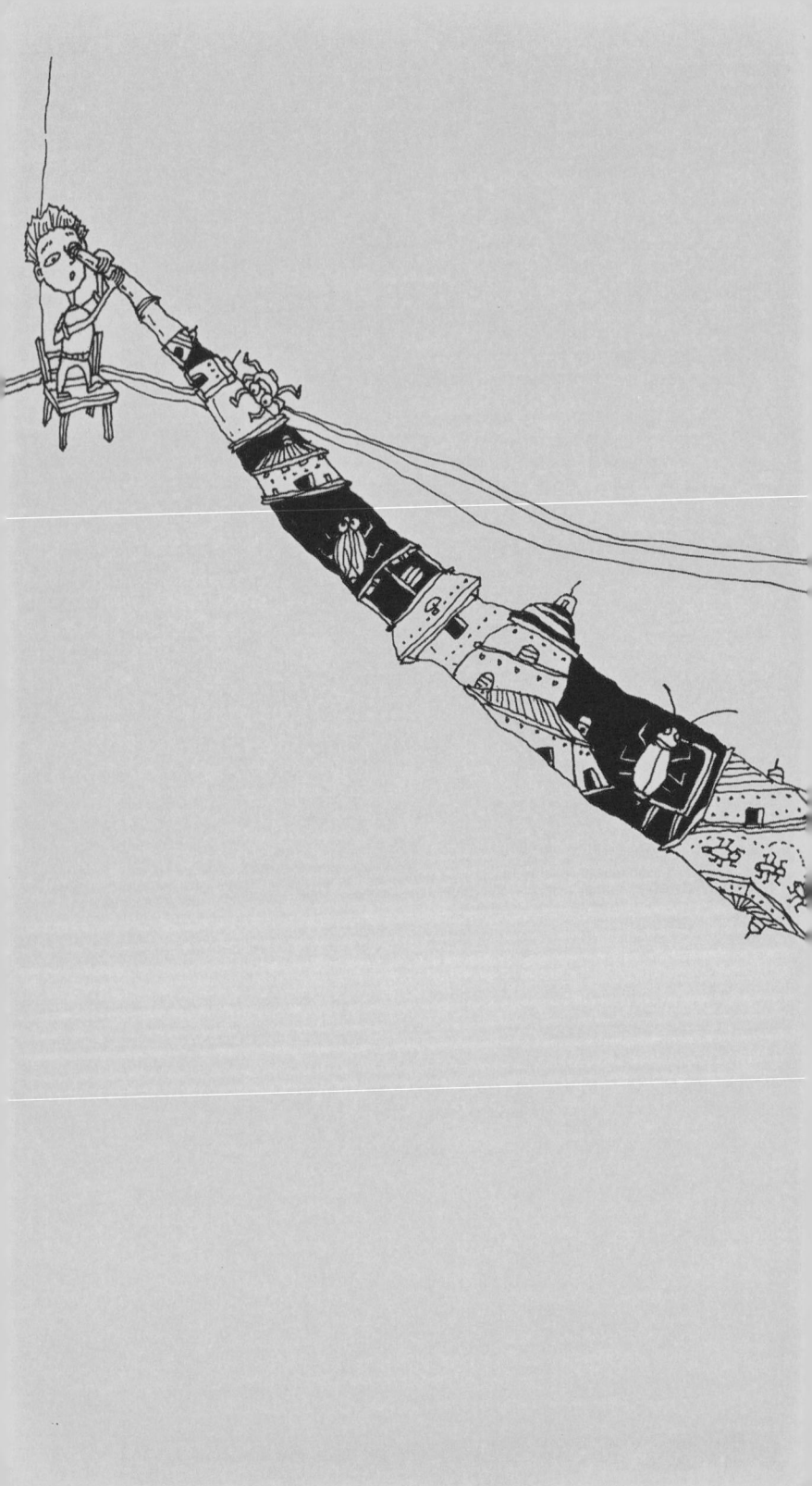

바퀴벌레

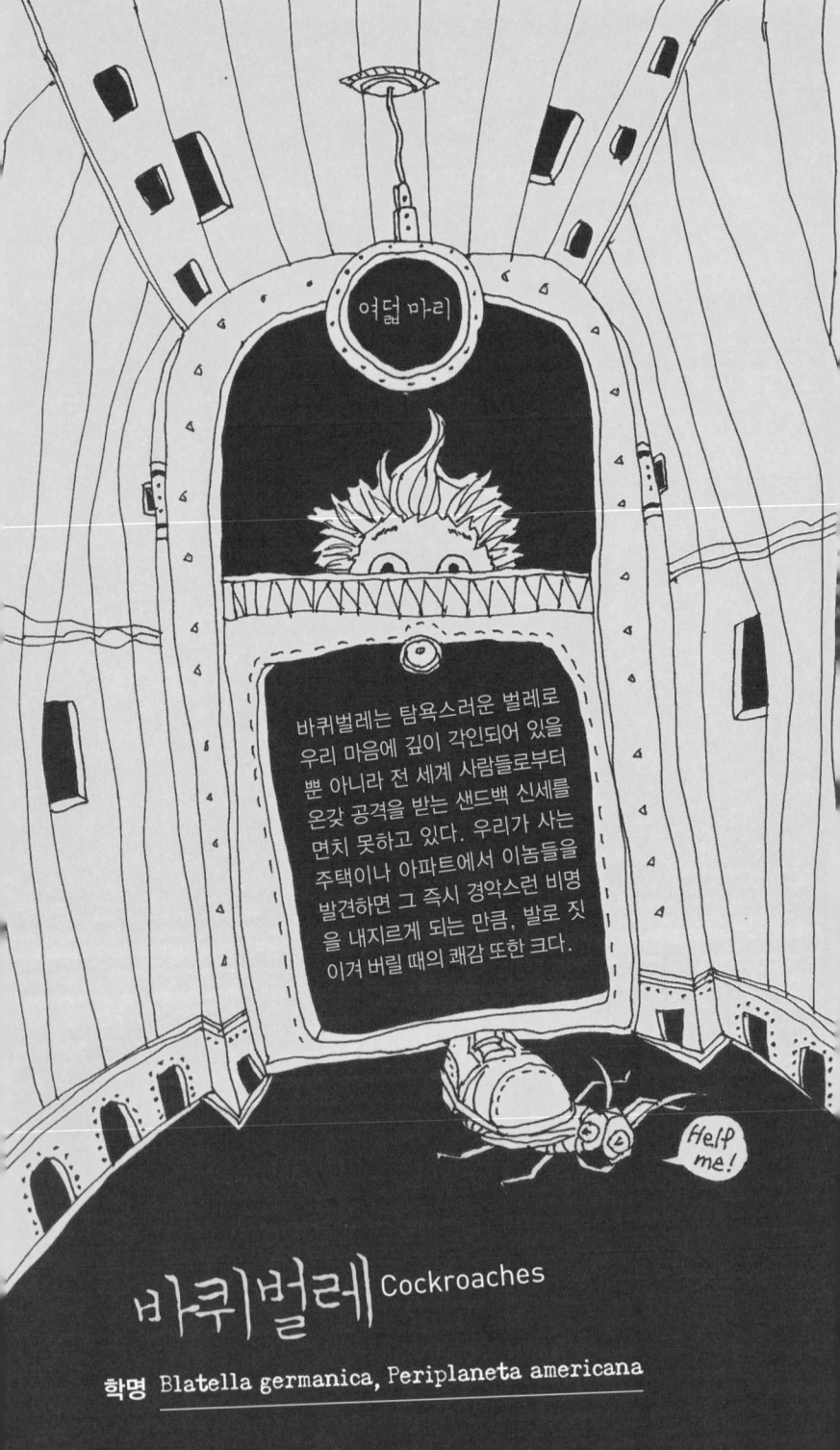

여덟 마리

바퀴벌레는 탐욕스러운 벌레로 우리 마음에 깊이 각인되어 있을 뿐 아니라 전 세계 사람들로부터 온갖 공격을 받는 샌드백 신세를 면치 못하고 있다. 우리가 사는 주택이나 아파트에서 이놈들을 발견하면 그 즉시 경악스런 비명을 내지르게 되는 만큼, 발로 짓이겨 버릴 때의 쾌감 또한 크다.

Help me!

바퀴벌레 Cockroaches

학명 Blatella germanica, Periplaneta americana

그러나 바퀴벌레를 처단했다고 승리의 하이파이브를 하기 전에, 다음 중 하나라도 가능한 일이 있는지 자신에게 먼저 묻길. 3개월 동안 음식 없이 살기, 산소 없이 몇 시간 동안 살아남기, 핵폭탄이 터지는 가운데 큰 소리로 웃기, 머리 없이 며칠 동안 살아 보기…… 안 되겠지?

바퀴벌레는 진화적인 걸작이다. 비좁은 틈새도 기어들어 갈 수 있는 유연하고 미끈미끈한 껍데기에 사나운 턱, 초강력 더듬이(요놈들은 물 냄새도 맡을 수 있다), 그리고 날쌔게 잘도 달리는 외골격. 바퀴벌레는 곤충계의 마세라티다.

또한 이놈들은 당신이 살았든 죽었든 당신 몸도 뜯어 먹을 것이다. 전 지구에서 가장 오래된 곤충이기도 한 이놈들은 기가 막히게 영리해서 아무리 복잡한 미로라도 다섯 번만 시도하면 빠져 나올 방법을 터득하고 만다. 이놈들은 핵폭탄이 터지는 아마겟돈이 일어난 대도 과속방지턱쯤으로 밖에는 여기지 않을 것이다.

천하무적

가장 흔한 종은 독일바퀴벌레German cockroach다. 뭐 놀랄 일
은 아니겠지만, 독일에서는 이 바퀴벌레를 '러시아바퀴벌레'
라고 부른다. 몸길이는 약 4센티미터이고 옅은 갈색이다.

진한 갈색의 미국바퀴벌레American cockroach는 독일바퀴벌레
보다는 덜 흔하지만 크기는 훨씬 더 커서 몸길이가 5센티미
터나 된다. 독일바퀴벌레는 날개가 있지만 날지는 못한다.
미국바퀴벌레 또한 날개가 있고 날 수도 있지만, 실력은 형
편없다.

둘 모두 이가 없어도 먹이를 뜯고, 찢고, 갈 수도 있어 적을
해칠 의도로 공격이 가능하다.

또한 두 종 모두 제 몸보다도 더 기다란 더듬이를 가졌고,
100~200개의 구부러지는 체절로 이루어져 있어 이동성을
최대한으로 높일 수 있다. 또한 다리에 달린 초감각적인 털을
통해 초감각적인 정보를 얻는다. 2,000개의 렌즈로 이루어진
눈은 거의 전 방향을 한눈에 볼 수 있다.

미모를 작동하세요
이것은 상당히 쓸모 있고
훌륭하다. 바퀴
벌레는 뒤꽁무

독일바퀴벌레

니에 '미모cerci'라고 하는 초감각적인 털을 갖고 있어 이 감각기를 통해 번개처럼 빨리 뇌로 메시지를 전달한다. 당신이 집 안에 들어서자마자 불

나무바퀴벌레

도 켜기 전에, 이 미모가 뇌로 경고 메시지를 날리고, 다시 20분의 1초 안에 도망치라는 명령을 내릴 것이다.

만일 집 안에 들어갔는데 바퀴벌레가 도망치지도 않고 숨지도 않는다면, 이것은 심각한 문제가 아닐 수 없다. 바퀴벌레들이 심하게 들끓어 이 게으름뱅이들이 도망쳐 들어갈 틈이 더 이상 없다는 뜻이기 때문이다.

몬도가네

"가진 거 다 내놔 봐!"

잡식성인 이놈들은 이것저것 가리지 않고 온갖 것을 다 집어삼킨다. 우리가 먹는 것이라면 바퀴벌레도 죄다 먹는다. 어디 그 뿐이랴. 다른 바퀴벌레(죽었거나 살았거나), 사람(역시 죽었

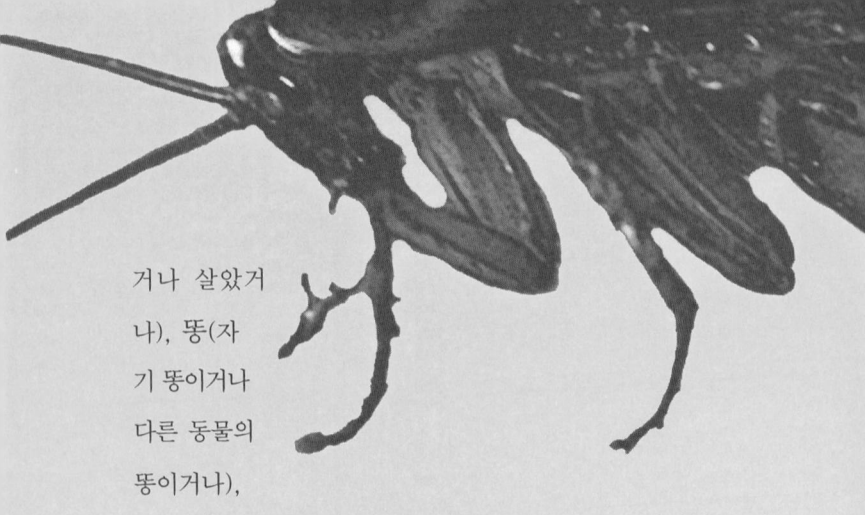

거나 살았거
나), 똥(자
기 똥이거나
다른 동물의
똥이거나),
풀, 머리카락, 콘크리트 조각도 먹어 치운다. 바퀴벌레는 철
통같은 위장을 갖고 있다.

바퀴벌레가 살아 있는 사람을 깨물 때는(아기나 노인) 그 사람
얼굴 자체가 아니라 얼굴에 붙은 먹이를 노리는 것이다. 그러
나 그런 사실을 알았다고 해서 기분이 나아지는 건 아니다.

무슨 이유에서인지는 모르겠으나 바퀴벌레는 오이를 싫어
하는 것 같다. 그러나 미적지근한 맥주는 몹시 좋아한다. 미
국이나 유럽에서도 간간이 볼 수 있는 동양바퀴벌레oriental
cockroach는 다른 어떤 먹이보다도 시나몬 롤빵을 좋아한다.

활동 무대

독일바퀴벌레는 특별히 주방과 목욕탕을 좋아하지만, 집 안
어디서나 안락하게 살 수 있다. 특히 타일 사이의 공간, 스토
브와 냉장고 뒤 틈바구니, 나무나 균열이 있는 곳에 생긴 작
은 틈새를 좋아한다.

한편 뚱한 미국바퀴벌레는 집 안에서 활동하는 것을 조금 꺼

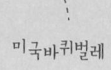
미국바퀴벌레

려 지하실이나 하수구, 보일러
실이나 온수조 근처에서 더 많이 발견된다. 눅
눅하고 구중중하고 어두운 곳이면 어디나 다 좋아한다.
자연에서 발견되는 바퀴벌레 종류는 3,500~7,000종에 이르
고, 바퀴벌레가 없는 곳은 찾기 힘들다. 눈밭, 정글, 땅속을 가
리지 않고, 알프스 산맥, 우림, 사막에서도 산다.

암브로시아*

일반적으로 독일바퀴벌레가 미국바퀴벌레보다 생식 능력이
더 뛰어나지만, 두 종 모두 어떻게 하면 자손을 더 많이 번식
시킬지에 대해 잘 알고 있는 것 같다.
독일바퀴벌레 암컷은 제 수명인 150~200일을 사는 동안 새
끼를 400마리 정도 낳는다. 자주 인용되는 미국 식약청 연구
보고서에 따르면 이론상으로는 수정된 암컷 한 마리가 단 1
년 반 동안에 100억 마리의 암컷을 생산할 수 있다고 한다.
그리고 수정이 되지 않은 암컷 미국바퀴벌레의 알은 더 많은
암컷을 생산할 수 있다. 정자도 없이!
바퀴벌레의 짝짓기는 연중 내내 이루어지
고, 짐작했겠지만 좀 기묘하고 공격적인 행
위를 보인다. 우선 암컷이 주변 수컷들에게
자기 존재를 알리기 위해 페로몬을 내놓는

> *
> 그리스 신화에 나오는
> 신들이 먹는 '불사주
> 酒'의 음식

다. 그런 다음 낭만적인 분위기를 고조시키기 위해 암컷과 수컷이 함께 고음의 사랑 노래를 부른다. 구미가 동한 수컷은 날개를 들어 올리고 자기 몸 위로 암컷이 올라오도록 한다. 암컷은 수컷의 몸 위로 올라가 본격적인 행동을 개시하기 전에 특별한 액체를 마신다. 바로 이런 특별한 일을 치르기 위해 수컷이 목 근처에 마련해 놓은 암브로시아다. 이 액체를 마시지 않으면 암컷은 수컷 몸에서 떨어지고 만다. 암컷이 암브로시아를 무사히 마신 후에는 둘이 서로 궁둥이를 맞대게 될 때까지 몸을 돌려 위치를 잡고, 그때부터 탄트라적인 짝짓기가 진행된다. 바퀴벌레의 짝짓기는 1시간가량 유지된다. 무사히 태어난 독일바퀴벌레는 90일에서 200일을 살고, 미국바퀴벌레는 평균 440일을 산다.

Hit14

미국에서는 바퀴벌레를 박멸하기 위해 매년 수백만 달러를 쓰고 있다. 다양한 방법을 동원하고 있지만 그 결과가 언제나 좋지만은 않다.

바퀴벌레를 끔찍이 싫어하는 어떤 사람들은 바퀴벌레를 무척 좋아하는 도마뱀붙이를 키우기도 한다. 그렇지만 미리 경고하는데,

도마뱀붙이는

바퀴벌레 요리를 맛볼 때 요란한 소리를 낸다.

또한 사람들은 오래전부터 거미, 고슴도치, 그리고 기생말벌과 같은 바퀴벌레를 포식하는 다른 천적들도 이용해 왔다.

죽을 만큼 스트레스를 받게 해서 없애는 방법도 있다. 항아리에 집어넣고 스트레스를 받아 죽어버릴 만큼 마구 돌려 주는 것이다. 아니면 얼어 죽게 만드는 방법도 있다. 온도가 영하 10도 아래로 내려가면 바퀴벌레는 얼어 죽는다. 그런데 당신이 먼저 얼어 버릴지도.

신문지를 돌돌 말아 한 방 내려치는 것도 효과가 탁월하다. 이 방법으로 진짜 문제를 해결하지는 못하겠지만. 그러나 이 믿을 만한 오래된 방법을 쓸 때도 조심해야 할 것이 있다. 어린 바퀴벌레는 최소한 14개의 '절단점'을 갖고 있어 이 부분에서 몸의 일부를 떼어 버리고 도망쳐 살아남을 가능성이 높다.

다윗 대 골리앗

번식력이 무척 왕성한 바퀴벌레는 끈끈이나 미끼를 이겨내고 생존할 방법을 찾아낼 때마다 획득한 저항력이 유전자에 삽입된다. 이 '기억'은 후손에게로 전달될 것이고, 따라서 얼마의 시간이 흐른 뒤에는 끈끈이, 분무약, 미끼, 가루약, 이 모든 방법이

바퀴벌레 알집

효력을 상실하
고 말 것이다. 또한 바퀴벌레는
놀라운 후각 능력 덕분에 살충제가 살포된 곳을
피하는 법도 상당히 빠르게 습득한다.
메뚜기와 귀뚜라미 같은 인간이 잡아먹는 일부 곤충은 그 수
가 줄어들기도 한다. 그러나 바퀴벌레는 냄새가 너무 지독
하고 음식으로 이용하기에는 너무 역겨워서 대부분의 문
화권에서 바퀴벌레만큼은 멀리한다.
바퀴벌레가 좋아하는 곳 가운데 하나가 먹을 것이 풍부한 슈
퍼마켓이고, 그래서 시장바구니에 이놈들은 담아 집으로 데
려오기가 쉽다. 시장바구니를 비울 때는 음식이 아닌 다른 것
도 딸려 나오지 않는지 잘 확인해야 한다.
어떤 곳에서는 바퀴벌레를 도망치게 만드는 소리를 내는 장
치를 팔기도 한다. 그러나 당신이 그 소음 이상의 소리를 들
을 수 있다면, 바퀴벌레들이 그 소리를 비웃는 소리도 들을
수 있을 것이다.

카프카적인

프란츠 카프카의 대작《변신》에서 주인공 그레고르 잠자는
어느 날 아침에 눈을 떠서 벌레로 변해 있는 자신을 발견한
다. 이 책에서는 그가 구체적으로 어떤 벌레로 변했다는 말은

나오지 않지만, 대단히 흥미롭게도 대부분의 사람들은 그가 바퀴벌레로 변했다고 추정한다. 몸서리치게 만드는 해충으로 우리 마음에 깊이 아로새겨진 바퀴벌레는 카프카의 변종으로 탈바꿈했다.

병균덩어리

바퀴벌레의 몸뚱이 조각, 분변, 체액은 특히 도시에 사는 어린이들에게 천식을 일으키는 원인으로 알려져 있다. 이것이 바퀴벌레로 인해 야기되는 건강 문제 중 가장 우려할만한 것이다.

또한 바퀴벌레는 누룩곰팡이(집 안 벽에서 자라는 위험한 곰팡이)를 옮긴다. 사실상 바퀴벌레에서는 림프절 페스트와 나병을 포함하여 약 40여종의 질병을 일으키는 세균이 발견된다. 또한 이 몹쓸 놈들은 소아마비를 일으키는 바이러스와 십이지장충도 옮길 수 있다.

그러나 이런 바퀴벌레도 본인 위생에는
매우 조심스러워, 더듬이를 다리 사이
에 끼우고 입 안에 넣어 문질러 자
주 청소를 한다.

카니발리즘
바퀴벌레는 집단이 너무 많아지면 집단 간 압력을 줄이기 위
해 서로를 잡아먹는다.

Dressed up!
독일바퀴벌레는 평생 여섯 번 정도 탈피한다. 이놈들은 껍데
기를 벗어야만 성장이 가능하다. 숨을 한껏 들이마신 다음 오
래된 외골격을 조금씩 밀어내어 벗는다. 옛날 골격에서 빠져
나온 다음에는 다시 한 번 숨을 크게 들이마시고 새 외골격
을 만들어 낸다. 새로 생긴 외골격은 잠
깐 흰색으로 보이다가 황갈색으로 변한다.

토요일밤

더듬이 싸움 한 판 해볼까! 바퀴벌레 두 마리가 서로 기분이
좋지 않은 상태에서 만났을 때는 더듬이를 무기처럼 휘두르
며 서로에게 덤벼든다. 깨금발을 딛고 선 것처럼 몸을 높인
자세로 서로를 위협한다.

수컷과 암컷이 서로 싸우듯이 수컷끼리도 서로 싸움을 벌인
다. 바퀴벌레의 싸움이 죽음에까지 이르는 경우는 드물지만
진 놈은 아마 다리가 뜯겨 나갈 것이다. 이상한 일은 더듬이
싸움은 가끔씩 짝짓기의 전희로도 쓰인다는 사실이다.

국회의사당 바퀴벌레

1982년, 바퀴벌레들이 워싱턴 D. C.에
있는 국회 건물 일부를 점령한 채
빠르게 증식하면서 한바탕 소동이
일었다. 일단의 곤충학자들이 소집된 것은
물론이다. 바퀴 박멸 특수기동대는
놀랍도록 저항력이 뛰어난 바퀴벌레
종을 발견하고 기절초풍할 지경이었다.

이놈들은 오늘날까지도 일부 곤충학자의 가슴에 특별한 자리를 차지하고 있다. 그 이름은 HRDC House of Representatives, D.C. 바퀴벌레다.

눈부신 도약

달에 착륙했던 아폴로 12호에 바퀴벌레 승객을 태우고 갔다가, 달 표면에 한두 마리를 내려놓고 왔다는 이야기가 있었다. 1998년에도 작은 바퀴벌레 군락을 우주로 보냈고, 그 일부가 러시아의 미르 우주 정거장에서 발견되었다는 소문이 있었다. (믿거나 말거나!)

가끔씩 날보러 와 줘요!

텍사스 플라노에는 바퀴벌레를 위한 '명예의 전당'이 있다. 이 박물관은 '리버로치Liberoache'와 '데이비드 레터로치David Letteroach'를 비롯하여 역사적인 인물과 유명인사 분장을 한 바퀴벌레를 전시하고 있다. '베이츠 로치 모텔Bates Roach Motel'도 잊지 말고 둘러보라. 실내복을 입고 가발을 쓴 바퀴벌레가 손에 칼을 들고 베이츠 로치 모텔 사무실에서 1호실 사이 통로를 돌아다니는, 영화 〈사이코〉를 패러디한 미니어처이다─옮긴이

'라쿠카라차'는 판초 비야의 군대가 멕시코를 누비고 다니던

옛 시절에 부르던 노래로 바퀴벌레(여성 그룹 로치스the Roches 가 아니라)의 가장 유명한 음악적 유산이다. 또한 〈맨 인 블랙〉, MTV에서 제작한 〈조의 아파트〉, 〈뱀파이어의 키스〉(이 영화 에서 니콜라스 케이지가 바퀴벌레를 먹었다)와 같은 영화에서는 우리의 바퀴벌레들이 은막을 장식했다.

진짜 최강

바퀴벌레는 적응력이 매우 뛰어나서 지구상에서 볼 수 있는 모든 미세환경에 존재한다. 우리가 좋아하는 바퀴벌레 가운 데 하나는 갈색띠바퀴벌레brown banded roach 또는 텔레비전바 퀴벌레TV roach라고 불리는 놈으로, 학명은 수펠라 롱기팔파 Supella longipalpa다. 이 종은 1.2센티미터 정도 밖에 안 되는 아 주 작은 몸으로 텔레비전 장, 탁상시계, 오븐에 달린 시계와 같은 따뜻하고 건조한 곳으로 찾아들기 좋아한다. 생식 능력 도 가히 전설적이어서 독일바퀴벌레 못지않은 번식력을 자 랑한다.

쓸모

바퀴벌레가 언제나 나쁜 것만은 아니다. 어떤 사람들은 바퀴 벌레가 인간에게 이롭다고 믿기도 한다. 어떤 문화권에서는 바퀴벌레 같은 것에 설탕을 섞어 연고로 만들어 궤양과 암이 생긴 곳의 피부 위에 바른다. 노예가 성행하던 시기에 미국의 노예들은 파상풍에 좋다고 하여 바퀴벌레차를 만들어 마셨고, 상처에는 삶은 바퀴벌레를 바르기도 했다.

미국바퀴벌레

흰개미

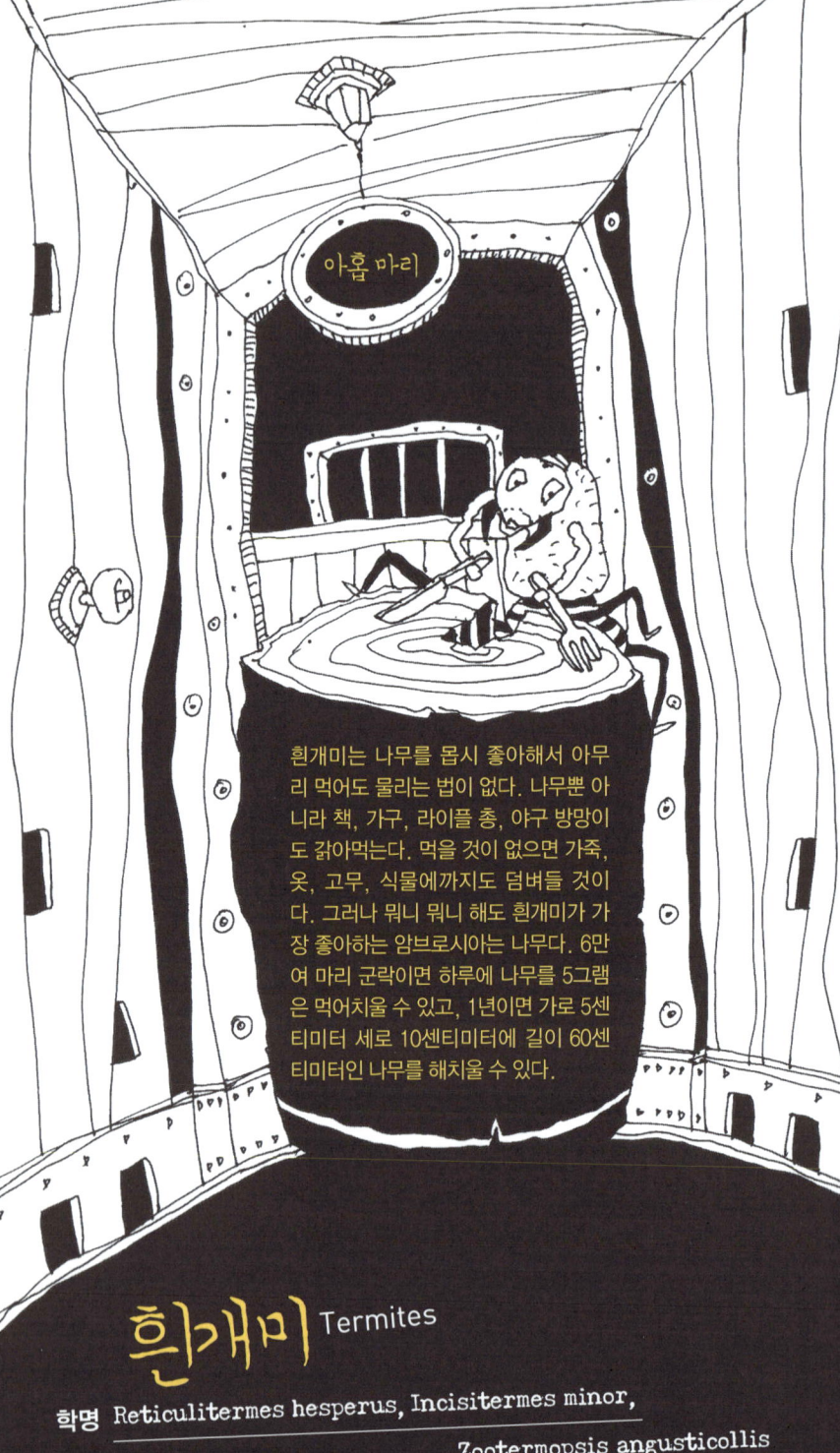

아홉 마리

흰개미는 나무를 몹시 좋아해서 아무리 먹어도 물리는 법이 없다. 나무뿐 아니라 책, 가구, 라이플 총, 야구 방망이도 갉아먹는다. 먹을 것이 없으면 가죽, 옷, 고무, 식물에까지도 덤벼들 것이다. 그러나 뭐니 뭐니 해도 흰개미가 가장 좋아하는 암브로시아는 나무다. 6만여 마리 군락이면 하루에 나무를 5그램은 먹어치울 수 있고, 1년이면 가로 5센티미터 세로 10센티미터에 길이 60센티미터인 나무를 해치울 수 있다.

흰개미 Termites

학명 Reticulitermes hesperus, Incisitermes minor,

Zootermopsis angusticollis

시간만 충분하다면 흰개미들은 샛기둥이건, 대들보건, 당신 집을 기초까지 몽땅 먹어치울 것이다. 이놈들은 집의 '뼈대' 속에 매우 깊숙이 숨어 있어 발견했을 때는 이미 너무 늦기 십상이다.

이상한 일이지만 흰개미는 스스로의 힘으로는 나무를 소화시키지 못한다. 장 안에 사는 세균이 나무에 있는 셀룰로오스를 분해하는 효소를 생산해 주어야 한다. 흰개미 부모는 새끼들에게도 반드시 필요한 이 세균을 '항문 급식'(그렇다, 말 그대로다)을 통해 전해 준다.

카스트

흰개미 군락도 개미 군락처럼 몇 백만에 이르는 엄청난 세력인 경우가 많고 놀랍도록 조직적인 사회를 이루고 있다.

병정흰개미

흰개미 사회에도 계급
이 존재한다. 일흰개미,
병정흰개미, 그리고 생식
흰개미가 하는 일이 모두
다르다. 생식을 담당하는 행
운의 여왕흰개미와 왕흰개미
는 호색한이며 귀족적인 생활을
한다. 배리 화이트도 얼굴을 붉힐
만큼 쾌락주의적인 삶을 사
는 흰개미는 밤이고 낮이
고 동굴 같은 사랑 둥
지에서 빈둥거리면서
기분이 내킬 때마다
탄트라적인 짝짓기
를 한다. 여왕흰개

병정흰개미

미는 하루에 알을 3,000개나 낳을 때도 있다.

흰개미의 사회 계층에서 가장 최하위를 차지하는 것은 크림 색깔의 일흰개미이다. 일흰개미의 생활은 나날이 바쁘게 돌아간다. 먹이를 찾으러 돌아다녀야 하고, 여왕의 새끼들을 키워야 하며, 터널을 파고 청소해야 한다. 그러나 날개가 없으니 이 단조롭고 힘들기만 한 세월을 박차고 날아오를 희망이 없다.

군락의 둥지 바깥에서는 큰 턱을 가진 병정흰개미들이 엠앤엠 초콜릿을 집어 삼키듯 흰개미를 간식으로 삼는 개미들과 또 다른 다양한 포식자들을 상대로 목숨을 건 전투를 벌인다. 그러나 인간이 흰개미를 사탕 먹듯 먹어치우지 않는 이상 이 놈들은 앞으로도 계속 우리가 매년 쏟아 붓는 수백만 달러를 피해 달아날 것이다.

불평등

흰개미 가운데 몸이 가장 큰 것은 생식을 담당하는 왕족이며, 다음으로는 병정흰개미, 마지막으로 숫자가 가장 많은 일흰개 미가 몸집이 가장

흰개미의 알

작다. 생식흰개미들은 크기가 2.5센티미터 정도이고, 갈색 몸에 갈색 날개가 달렸다. 색깔은 보통 흰색과 갈색이며 검은색인 것도 있다. 평생을 임신한 상태로 보내긴 하지만, 임신 중에는 여왕의 몸이 엄청나게 부풀어 올라서 크기로 왕을 누른다.

병정흰개미는 오렌지색의 커다란 사각형 머리에 힘이 센 턱을 가졌으며, 대부분의 시간을 둥지 입구에서 군락을 방어하는 데 보낸다. 이놈들은 침입자들(주로 개미)이 나타나면 머리에서 따뜻한 고무액을 발사한다. 군락을 지킬 병정이 없는 어떤 종은 자기 몸을 희생해 침입자를 향해 자신의 내장 내용물을 뿌린다.

눈이 보이지 않고, 부드러운 몸을 가진 일흰개미는 종에 따라 다르기는 하지만 몸길이가 3밀리미터 정도이다. 일흰개미도 병정흰개미와 마찬가지로 불임이다. 날마다 일로 세월을 보내는 일흰개

일흰개미

병정흰개미

미는, 당연
한 결과인지도 모르
겠지만 2년 정도 밖에 살지 못한다. 이들
의 임무 가운데 재미있는 것은 병정흰개미
를 위해 먹이를 토해 주거나 배설해 주는 일
이다.
날개가 달린 흰개미는 날개 달린 개미와 매우 비슷해 보여서,
'흰개미white ant'라는 이름을 얻었다. 개미와 흰개미의 주요한
차이점 몇 가지를 살펴보자면 흰개미의 더듬이는 곧은 모양
이고 개미의 더듬이는 굽은 모양이다. 흰개미의 허리는 잘록
한 개미의 허리와는 다르게 통통하게 부풀어 있다. 둘 모두
네 개의 날개를 가지고 있지만 개미의 날개는 앞날개와 뒷날
개의 크기가 다른 데 반해 흰개미의 날개는 모두 같은 크기
이다.

집단 비행

성숙한 생식흰개미인 왕과 여왕(날개 달린 흰개미swarmer라고
도 한다)은 날개가 있고, 보통 늦은 여름이나 가을에 새로운
군락을 세우기 위해 비행에 나선다. 새로운 곳에 도착한 한
쌍은 짝짓기를 하고 날개를 떼어 버린 다음, 작고 아늑한 육
아방을 만들기 위해 보금자리를 찾아 들어간다. 보금자리를
정한 흰개미 한 쌍은 육아방 입구를 막아 버리고, 여왕흰개미
는 수천 개의 알을 낳는다. 알에서 부화해 나온 유충은 황급
히 도망친다.

3년에서 4년이 지난 후에 군락은 다시 새로운 날개 달린 흰
개미들을 생산하고, 이것들은 다시 생의 주기를 시작하기 위
해 작은 터널 구멍을 통해 하늘로 날아오른다.

그러나 새로운 군락을 세우기 위해 비행에 나서는 것은 위험
천만한 일이고, 천 마리의 날개 달린 흰개미 가운데서 단 한
마리 정도만이 새로운 군락을 세울 수 있다. 이들의 날개는
아주 형편없어서 비행이 불안정하므로, 개미, 거미, 도마뱀,
쥐, 새, 심지어는 인간까지, 비행 중에 온갖 적들이 달려들어
한 입에 삼켜 버린다.

정절

왕과 왕비의 호화로운 생활방식, 그리고 평생 동안 서로에게

정절을 지키는 것이 둘을 건강하게 잘 살도록 만들어 주는 비결일까? 이들의 수명은 25년이나 된다. 동정인 병정흰개미는 단 몇 년 밖에 살지 못한다.

미식

전나무, 소나무, 삼나무, 아티초크 속, 가문비나무, 이 모두가 흰개미가 좋아하는 나무와 풀이다.

습재흰개미dampwood termite 는 축축한 나무를 좋아하고, 바닷가에 있는 산이나 습기가 많은 곳을 가장 좋아한다.

지하흰개미subterranean termite도 눅눅한 나무를 좋아하지만, 이름에서 알 수 있듯이 주로 땅 아래 썩은 나무를 좋아한다. 이놈들이 나무를 갉아 먹으면서 파 들어간 터널이 백 미터 이상 길게 이어진 것도 종종 볼 수 있다.

건재흰개미drywood termite 는 죽은 나무를 좋아하지만 아직 썩지 않은 것을 좋아해서 건축용 목재, 전신주 등으로 잔치를 벌인다.

건축 수업

모든 건축용 목재는 땅에서 적어도 30센티미터는 떨어뜨려 세우고, 모든 회칠한 건물 외벽에 판자를 붙일 때도 땅에서

떨어뜨려 붙여야 하며(흰개미는 이런 목재를 몹시 좋아한다), 다
락과 기초도 건조하게 유지해야 한다.
흰개미로부터 집을 지킬 수 있는 가장 좋은 방책
가운데 하나는 집 기초를 빙 둘러서 모래 장
벽을 치는 것이다.
흰개미는 모래 안
에 터널을 만들지 못하므로 모
래를 뚫고 목재에까지 이
를 수 없다.
새로 건물을 지을
때는 흰개미에
저항력이 있는
목재를 사용하
라. 미송 douglas fir
은 저항력이 괜찮
은 편이며, 솔송나무
hemlock 와 가문비나무는 흰개미를 자석마냥 끌어들
인다. 그러나 흰개미가 좋아하는 나무라도 화학약품
이나 압력 처리를 해서 흰개미가 다가오지 못하도록 막을 수
있다.

수컷 흰개미

대량 살상

건재흰개미 소탕 작전에 쓸 수 있는 무기는 얼마든지 있다.
화학약품, 열, 냉동, 훈증 소독제, 마이크로파를 이용해 보라.
혹은 감전사 시킬 수도 있다. 까짓, 이놈들을 총살형 집행대
에 세워라! 강력한 유독 성분을 이용한 훈증제로도 3일이면
한 군락 전체를 죽일 수 있다. 문제는 이놈들도 그 안에 있는
음식과 사람들에게 같은 짓을 할 수 있다는 점이다.

아니면 집 안 전체를 49도까지 가열하여 건재흰
개미를 박멸하는 방법도 있다. 이 방법으로
는 흰개미를 처치할 수도 있지만 집이
어떤 꼴이 될지에 대해서도 걱정해
야 할 것이다.

마이크로파는 흰개미의 세포
안에 있는 체액을 끓게 만들
어 죽인다. 나무에 곧장 구멍
을 내고 9만 볼트의 전류를
가해 흰개미를 간질여 주는 방
법도 치명적이다.

그렇지만 지하흰개미와 습재흰개미는 땅속에서 살기 때문
에 오로지 살충제나 살충제를 묻힌 미끼로만 죽일 수 있다.
또한 '생물학적 방제원biological control agent'이라고 불리는 것
을 이용해 볼 수도 있다. 다른 곤충으로 하여금 흰개미를 공

격하게 만드는 고약스런 방법을 두고 이 업계에서 멋지게 부르는 말이다. 자, 곤충학적 도박까지도 다 시도해 보았는가? 그래도 안 되면 이제 불개미나 선충류*를 이용해 보라.

환경오염

1982년 〈사이언스〉 지에 실린 한 논문에 따르면 지구 대기 메탄가스의 30퍼센트는 흰개미 방귀 때문이다. 하지만 그 이후에 나온 다른 연구에서는 그 수치가 더 낮다고 밝혔다. 우리는 메탄가스 대부분이 소에게서 나온 것이라고 생각했는데 말이다. 그것도 아니라고? 그럼 누구 짓이란 말인가?

일장일단

흰개미들이 모조리 혼쩌검을 당해야 할 쓸모없는 존재들은 아니다. 그래, 아마 대부분이 그렇긴 할 것이다. 그러나 일부는 환영받을 자격이 있다. 식물과 목재를 재활용하는 데에도 필요하고, 흰개미들이 땅에 굴을 파 놓으면 흙을 성기게 해 주어 좋다. 그러나 여전히 이놈들을 소탕하고자 하는 마음이 가시지 않았대도 우리는 당신을 이해할 것이다. 당신 집의 기초를 간식으로 삼는 놈들이 아닌가.

'똥구멍' 찾기

흰개미는 소리 없이 침투하고, 거의 언제나 눈에 띄지도 않기 때문에 파괴적이다. 흰개미가 들끓고 있는지, 어디에 둥지를 틀고 있는지 알아내기 위해 가장 많이 쓰이는 방법 가운데 하나가 소위 말하는 '밀어내기' 구멍을 찾아보는 일이다. 흰 개미들은 자기들이 파 놓은 터널에 있는 BB탄알 사이즈 구멍을 통해 분변을 밀어낸다.

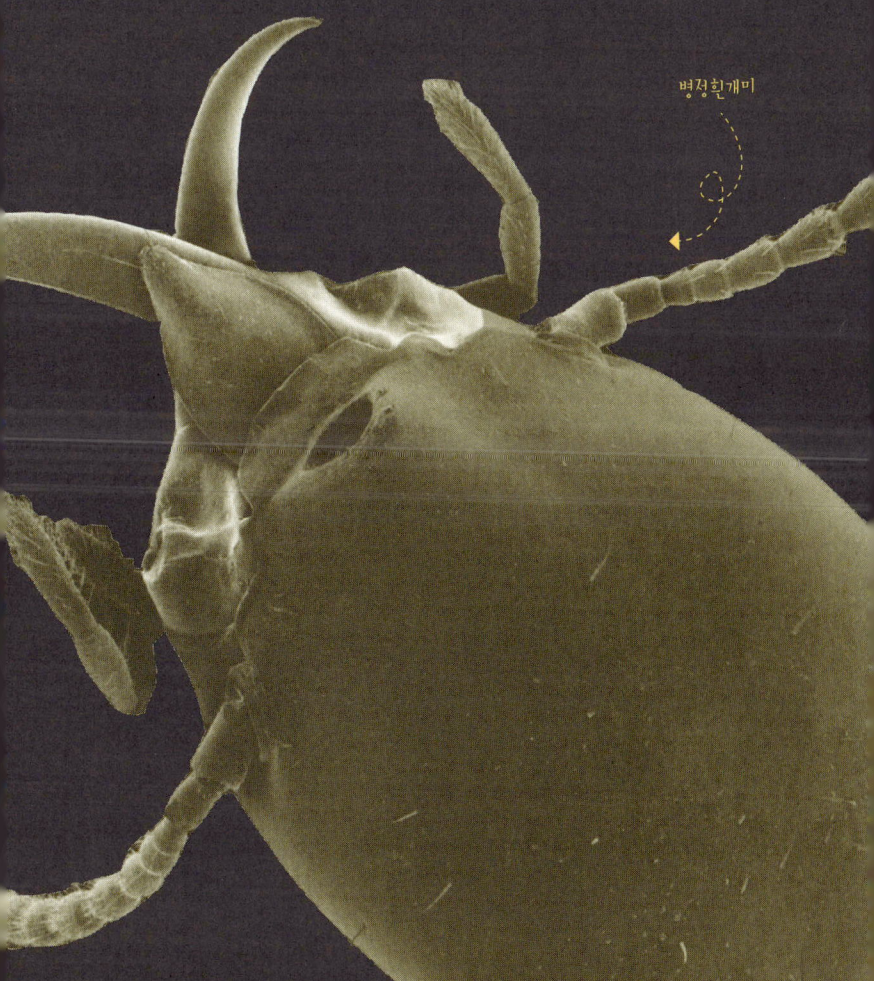

병정흰개미

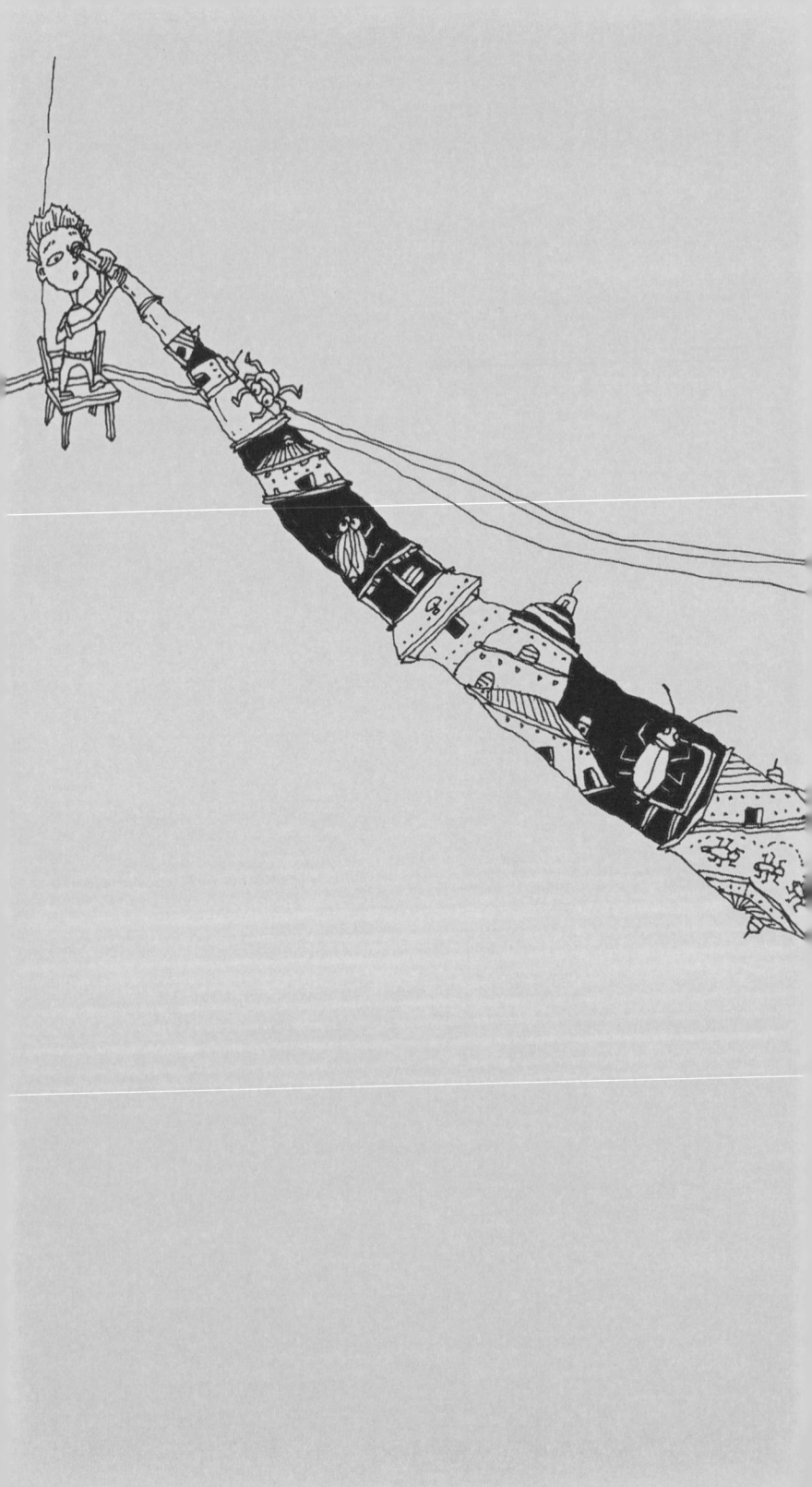

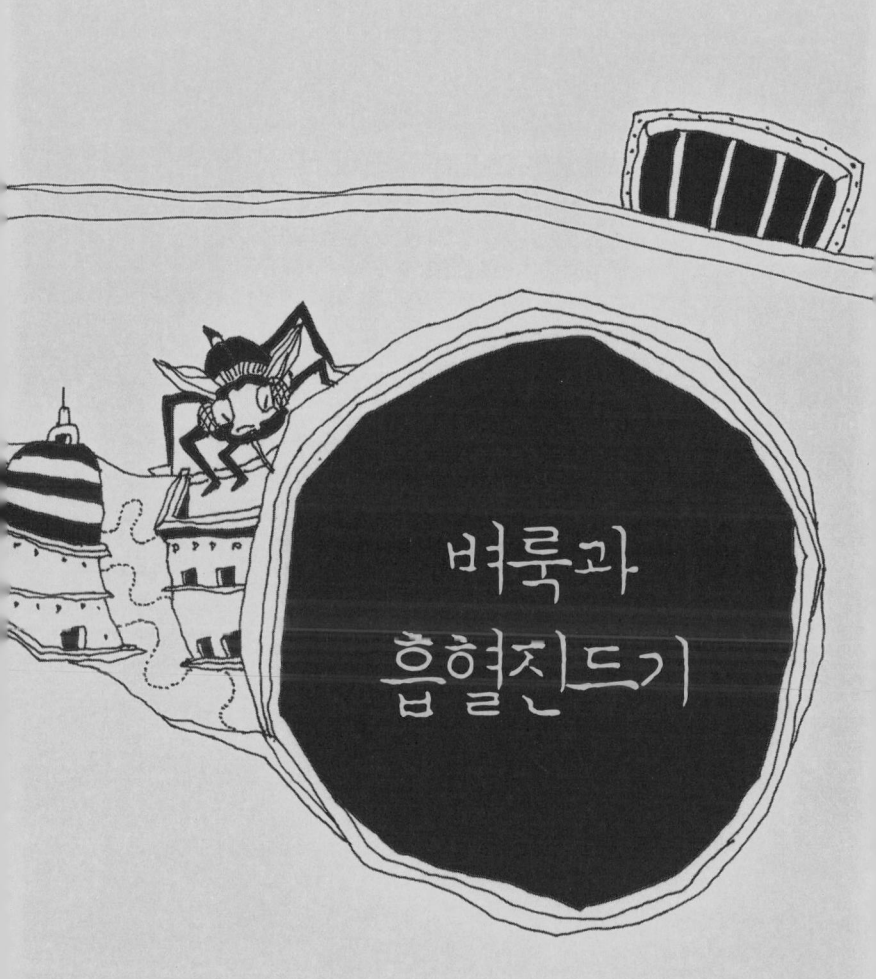

벼룩과
흡혈진드기

열 마리

그 조그만 벼룩과 흡혈진드기는 오랫동안 몹시도 심한 비난을 받아 왔다. 셰익스피어의 《헨리 5세》에 나오는 등장인물 가운데 하나는 '지옥의 불길에서 검은 영혼이 타오르는' 벼룩으로 지칭된다.
유대인의 탈무드에서도 이런 해충은 죽여도 된다고 허락한다. 안식일만 아니면! 또한 바로 그 최고의 지성과 판단력을 가진 아리스토텔레스도 진드기를 '역겨운 기생 동물'이라고 일갈했다. 다른 사람들도 역시 진드기를 그리 정중하게 대하지는 않는다.

벼룩 Fleas 과 흡혈진드기 Ticks

학명 Ctenocephalides canis, Ctenocephalides felis

양진드기

벼룩과 진드기의 대대적인 이미지 변신 작업이 오래 지연되기는 했지만, 이들이 우리의 피를 들이키기 위해 제 키보다 150배나 더 높이 뛰어오르고(벼룩), 독소로 가득한 주둥이를 우리 혈관에 쑤셔 박는 일을(흡혈진드기와 벼룩) 그만 두지 않는 이상은 비방을 면치 못할 것이다. 이 작은 괴물들은 인간의 피부를 뚫고 피를 빨아 먹는 데도 전문가지만 우리 몸에 꼭 달라붙어 숨어 있는 데도 선수여서 잡아서 처단하기가 거의 불가능하다.

기예단의 방문

집으로 벼룩과 흡혈진드기를 날라 들이는 것은 고양이, 개, 토끼와 같은 털로 덮인 애완동물이다. 그러나 일단 집 안으로 들어오고 나면 이것들은 기꺼이 종간을 넘나들어 일주일에 7일, 하루 24시간 동안 이용할 수 있는 인간의 몸, 블러디 메리 칵테일(아니, 블러디 마이클 칵테일?)에서 어슬렁거린다. 이것들은 질병 퍼뜨리기, 제 부모가 싸

고양이벼룩

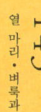

놓은 똥 먹기, 이중으로 된 성기 휘두르기, 식사하면서 동시에 짝짓기 등의 기상천외한 쇼를 벌이는 임무를 만족스럽게 수행한다. 그렇다고 충격 받을 것도 없다. 결국은 우리가 놈들을 불러들인 셈이니까.

친화력

벼룩을 가까이서 자세히 살펴보면 온 몸이 비늘로 덮인 것이 좀 바닷가재처럼 생겼다. 그렇지만 벼룩은 납작하고 매우 얇아서 인간과 동물의 털 안과 주변에서 사람 눈에 띄지 않고 돌아다니기 적합하다.

사람벼룩

사슴진드기

벼룩은 매끈하면서도 단단한 껍데기를 갖고 있어 애
완동물에 붙어 있든 우리 몸에 붙어 있든 잡아
없애기가 힘들다. 이 날개도 없이 기이하
기만 한 놈들은 길이가 1.5~4
밀리미터 정도이다.
그러나 벼룩은 놀랍게도
칼과 빨대 같은 것이 조합된 입 부분과
여섯 개의 슈퍼 영웅 다리(나중에 더 자세하
게 설명하겠다)를 가진 것으로 유명하다.
한편 흡혈진드기는 살갗을 공격하여 피를 빨아 내는 입 부
분에 달린 굉장한 것, 그러니까 작살 같은 것을 자랑하지만
벼룩보다는 더 둥글고 더 작다. 대부분의 흡혈진드기는 피를
빨아먹지 않은 상태에서는 크기가 1밀리미터도 안 되지만,
피 식사를 잔뜩 한 후에는 풍선처럼 몸이 부풀어 오른다.
다른 대부분의 곤충들과는 다르게 진드기의 몸은 체절로 이
루어지지 않았다. 색깔이 화려하고 복잡한 무늬가 있는, 일종
의 형태 없는 덩어리다. 또한 암컷은 수컷보다 몸집도 크고
더 예쁘게 생겨 작은 곤충 세계의 법칙을 크게
위반하고 있다.
벼룩과 흡혈진드기 둘 모
두 수천 종에 이르고 각각은
개, 고양이, 토끼, 비버, 사슴, 등과 같은 특정 동물과 관계를

맺고 살아간다. 그러나 인간을 특별히 좋아하는 종, 즉 사람
벼룩Pulex irritans, 풀렉스 이리탄스만 인간에게 덤벼드는 것이 아니
라, 대부분의 흡혈진드기는 인간을 포함하여 수많은 포유동
물 숙주에서 잔치를 벌일 수
있고, 그렇게 즐겁게
살아간다.

개벼룩

'아직' 날지는 못한다

벼룩의 놀라운 점프
능력은 투르 드 프랑스
사이클프랑스와 주변국을

주파하는 장거리 자전거 경주-옮긴이

코치가 군침을 흘리지 않을 수 없다. 누가
제 키보다 150배나 더 높이 그리고 수평으로
는 80배나 더 멀리 뛸 수 있는 운동선수를 소중히 여기
지 않겠는가?
이런 벼룩의 능력은 특별한 화합물 덕분이다. 벼룩의 길고 호
리호리한 다리에는 에너지가 담겨 있는 레시린resilin이 함유
되어 있다. 이것은 아폴로 로켓도 쉽게 우주로 발사할 수 있
는 관성력을 폭발시키는 탄성 있는 단백질이다. 벼룩의 점프
장면을 담은 정지 화면 사진은 벼룩이 공중으로 튀어 오를

때 절대적으로 그리고 전적으로 통제에서 벗어난다는 흥미로운 사실을 보여 준다. 벼룩은 몸의 어떤 부분으로 착지할지도 개의치 않는 것처럼 보인다. 완전 무장된 몸은 어디로 착지를 해도 상관이 없다.

이 사실이 위안이 될까? 벼룩은 날 수 없다. 적어도 아직은.

poisonous

벼룩과 흡혈진드기 둘 모두 피부를 뚫고 우리의 소중한 체액을 고갈시킬 교묘한 장치를 갖고 있다. 또한 이놈들은 저들이 필요한 만큼 얻기 위해 몇 시간 동안이나 피를 빨 수도 있다. 소름끼치는 사실은 피를 빨 숙주를 찾아내기 위해 눈으로 볼 필요도 없다는 것이다. 숙주가 배출하는 이산화탄소와 체온을 감지하는 것만으로도 어디에 먹이가 있는지 찾

진드기의 입 부분

아낼 수 있다. 그러나 너무 걱정은 마시라. 이들이 원하는 것
이라야 따뜻하고 붉은 것, 기껏해야 0.0004밀리리터다. 또한
이들은 인내심이 있다. 성체 벼룩은 완벽한 피 웅덩이를 찾아
내지 못해도 6개월을 버틸 수 있다.

벼룩은 살갗에 찔러 넣고 피를 흡입하기 좋은 길고 날카로운
주둥이를 갖고 있다. 깨물기 전에 벼룩은 공중으로 꼬리를 높
이 쳐들고, 주둥이를 아래로 강하게 밀어 붙인 다음, 공격 영
역을 부드럽게 만든다. 혈액 응고를 막기 위한 항응고제와 국
소 마취제가 든 침을 발라 깨물 부위를 미끌미끌하게 만드는
것이다. 단단하게 붙들고 피를 빨기 위해 빗솔이 거꾸로 나
있는 머리빗처럼 생긴 이빨을 밀어 넣고 본격적으로 피를 빨
기 시작한다.

흡혈진드기는 푸른 수염의 사나이─아내를 여섯이나 죽였다는 잔인한 남
자에 관한 전설─옮긴이도 얼굴을 붉히고 말 무시무시한 주
둥이를 갖고 있다. 주둥이에는 작살 비슷
한 단도가 달려 있는데, 윗부분
은 납작하고 아랫부
분은 곡선을 이

고양이벼룩

양진드기

루고 있으며,
단단하게
물고 늘어질
수 있는 기막
히게 멋진 굽은
갈고리들로 덮여 있다.
작살(구하체hypostome라고 한다)
은 칼이기도 하고, 빨대이기도 하다. 작살이 제대로 작동
하지 않을 경우에 대비해서 진드기는 흡혈 부위 주변으로 더
단단하게 들러붙도록 시멘트 같은 끈적끈적한 액체를 내놓
는다. 피부 아래 혈관을 끊고 나면 혈액이 그 부근에 고이므
로 고인 혈액을 간단히 빨아먹기만 하면 된다!
벼룩처럼 진드기의 타액에도 항응고제가 함유되어 있다. 그
러나 이 타액에는 인간에게 해를 미치고, 심지어는 목숨을 잃
게 만들 수도 있는 독성 물질이 들어 있다.

프랑스식

흡혈진드기의 식사가 며칠 동안이나 지속될 수도 있다는 말
을 들으면 기분이 개운치 못할 것이다. 당신이 먼저 이놈을
발견해 죽이지 않는 이상(가능성이 별로 없는 일이다) 진드기
는 나른하게 몇 시간 동안 당신 살갗을 뚫고, 찌르고, 피를 빨

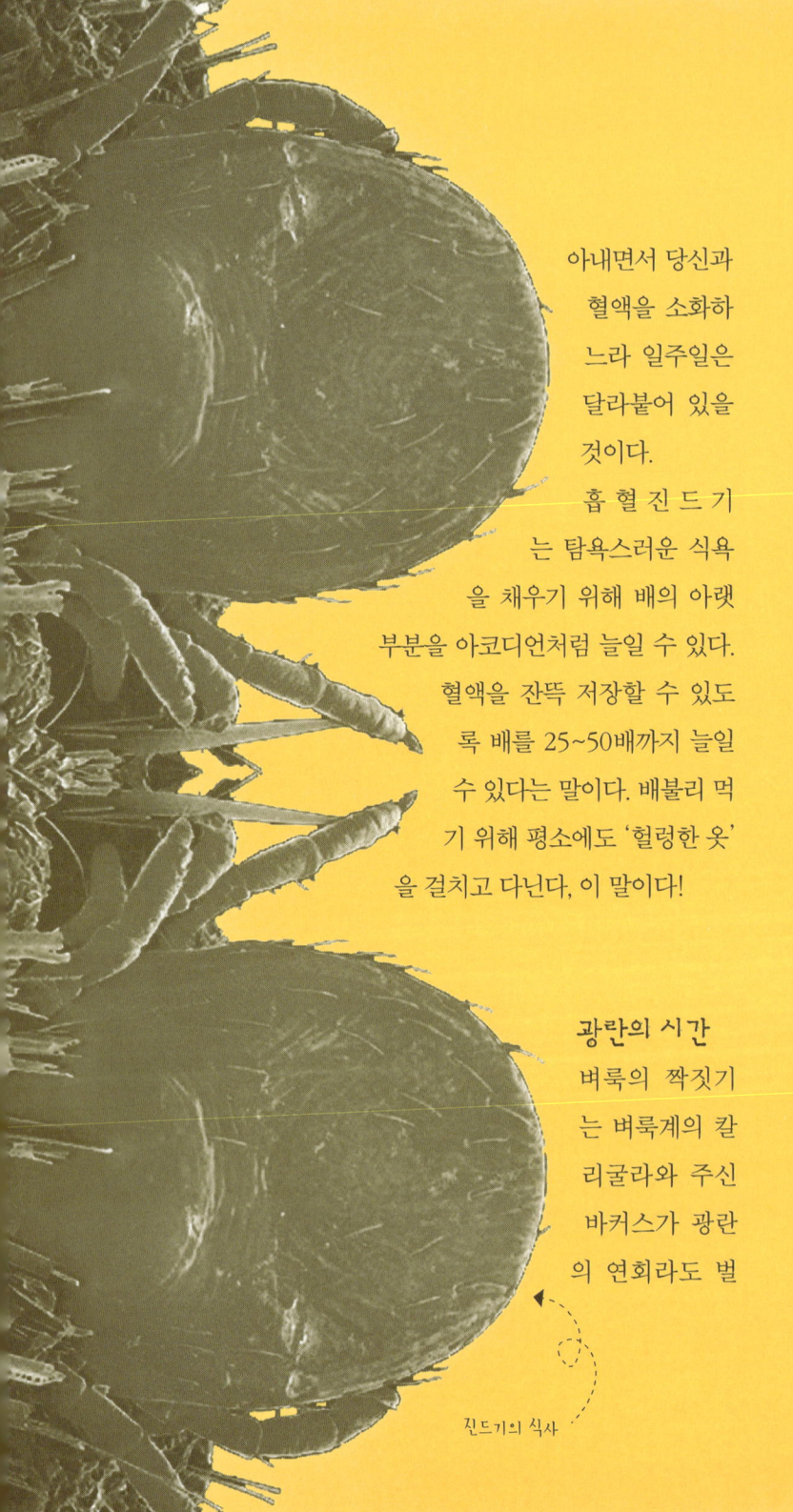

아내면서 당신과 혈액을 소화하느라 일주일은 달라붙어 있을 것이다.

흡혈진드기는 탐욕스러운 식욕을 채우기 위해 배의 아랫부분을 아코디언처럼 늘일 수 있다. 혈액을 잔뜩 저장할 수 있도록 배를 25~50배까지 늘일 수 있다는 말이다. 배불리 먹기 위해 평소에도 '헐렁한 옷'을 걸치고 다닌다, 이 말이다!

광란의 시간
벼룩의 짝짓기는 벼룩계의 칼리굴라와 주신 바커스가 광란의 연회라도 벌

진드기의 식사

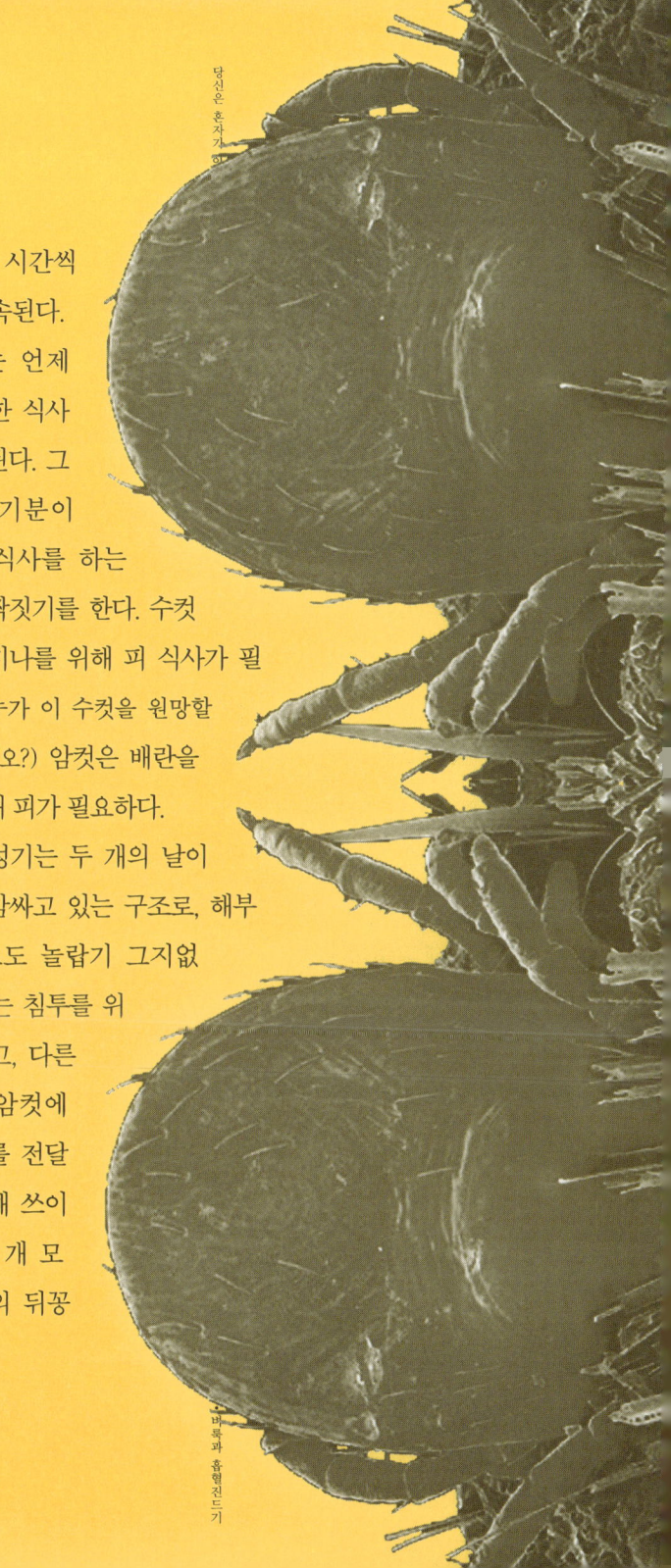

이듯 몇 시간씩
이나 계속된다.
짝짓기는 언제
나 성대한 식사
로 시작된다. 그
렇지만 기분이
내키면 식사를 하는
동시에 짝짓기를 한다. 수컷
은 스태미나를 위해 피 식사가 필
요하고(누가 이 수컷을 원망할
수 있으리오?) 암컷은 배란을
하기 위해 피가 필요하다.
벼룩의 성기는 두 개의 날이
서로를 감싸고 있는 구조로, 해부
학적으로도 놀랍기 그지없
다. 하나는 침투를 위
해 쓰이고, 다른
하나는 암컷에
게 정자를 전달
하기 위해 쓰이
는데, 두 개 모
두 벼룩의 뒤꽁

무늬에 달려 있다.

암컷 벼룩은 짝짓기를 한 지 몇 시간 후에 숙주의 몸에다 알을 낳는다. 짝짓기가 끝나면 암컷과 수컷은 식사를 하고, 다음으로는 엄청난 양의 똥을 싸고 또 싸서, 부화한 크림 빛의 흰색 벌레 같은 유충들을 위한 먹이를 만들어 둔다.

물량공세

엄마와 아빠는 짝짓기를 한 후 2일에서 12일이 지나면 세상에 나올 소중한 새끼들을 위해 미리 소화 시킨 피 과자를 포함한 많은 간식을 준비해 놓는다: 이 애피타이저는 유충이 주식으로 먹는 숙주의 비듬과 머리카락에서 얻는 영양분을 보충해 준다. 일부 정말로 영리한 부모는 토끼 등의 숙주가 새끼를 낳을 때 자기도 같이 새끼를 낳아 새끼들이 태어나자마자 곧장, 지속적으로 피 식사를 공급받을 수 있게 만들어 준다.

흡혈진드기는 유충, 애벌레, 성충의 세 단계를 거치고, 각 단계에서 다음 단계로 변태할 때마다 피 식사를 해야 한다. 우리를 불안하게 하는 사실, 진드기는 높은 치사율을 보이더라도 수명이 길다. 3년 이상을 살 수 있다(어이쿠!). 실험실에서 연구 중이던 어떤 진드기는 4년 동안이나 생존했다. 그것도 머리가 잘린 상태로!

암컷 진드기는 한 번에 6천 개 이상의 알을 낳는다. 그리 놀랄 일도 아니지만, 암컷은 알을 낳자마자 곧장 죽는다.

중세의 저승사자

벼룩은 인간을 괴롭히는 수많은 질병을 옮기고, 이런 병들에는 장티푸스, 선腺페스트가 포함된다. 쥐의 등에 올라타고 다니던 벼룩은 중세 시대 유럽인 세 명 중 한 명의 목숨을 앗아감으로써 영예의 전당에 영원히 그 끔찍한 이름을 새겼다.

흡혈진드기는 우리에게 로키산 홍반열, 야토병(토끼진드기에서 나온 세균으로 궤양, 폐렴과 같은 증상을 일으킨다), 그 유명한 라임병과 같은 질병을 일으킨다. 라임병은 사슴진드기로 전파되고 물린 지 며칠에서 몇 주가 지나면 피부에 반지 같은 형상의 붉은 반점이 남는다. 모른 채로 두었다가는 열, 관절 강직, 그리고 오한이 나다가 나중에는 뇌수막염, 마비, 비정상적인 심장 리듬까지 발생해 치명적인 상태로 발전할 수 있다.

정말 진드기 같군

벼룩에 물리면 몹시 괴롭다. 벼룩은 보통 발목과 다리 주변을 물고, 한꺼번에 두 개나 세 개의 물린 자국을 남긴다. 이놈들은 식사한 후에 소화시키기 위해 산보를 하는 일도 없다. 혈액이 풍부한 혈관을 몇 시간이나 물고 또 물어뜯는다. 이런 일을 당하고 보면 단 몇 마리가 바쁘게 일을 치고 다니는 것에 불과하지만, 당신 몸이나 집 안이 온통 벼룩 천지가 되었다고 착각하기 쉽다.

정신이 번쩍 들게 만드는 생각: 애완동물을 없애버리는 극단의 조치를 취해 본들 벼룩 문제는 전혀 해결되지 않는다. 유충은 숙주의 몸에서 벗어나 생활하고, 성충이 되어서도 생의 90퍼센트는 다른 곳을 돌아다니기 때문이다. 카펫에 살충제를 분무하고 살충제 폭탄을 터트리는 전면적인 화학전을 벌여야 이놈들을 퇴치할 수 있을 것이다.

흡혈진드기를 퇴치하려고 싸우는 일은 악몽과도 같다. 이놈들의 목을 비틀어버려도 주둥이 부분과 몸이 계속해서 당신 피를 빨아먹을 것이고 여전히 감염증을 일으킬 것이다. 이놈들을 불에 태워 처치하면 어떨까? 같이 살아가는 모든 것을 위험에 처하게 만들 일이긴 하지만. 아니면 가솔린이나 알코올에 처박아 버릴 수도 있다. 이 두 가지 방법을 한꺼번에 쓰는 일은 없기 바란다!

흡혈진드기에 물리지 않으려면 숲에 가기 전에 긴 소매 옷과 바지를 입고, 몸을 단단히 감싸야 한다. 색깔이 밝은 옷을 입으면 산에 다녀온 후 불

어 있는 진드기가 쉽게 눈에 띌 것이다. 하나 더, 몸과 옷에
진드기 살충제를 듬뿍 뿌리고 나가라.

고양이벼룩

의류해충과
부엌해충

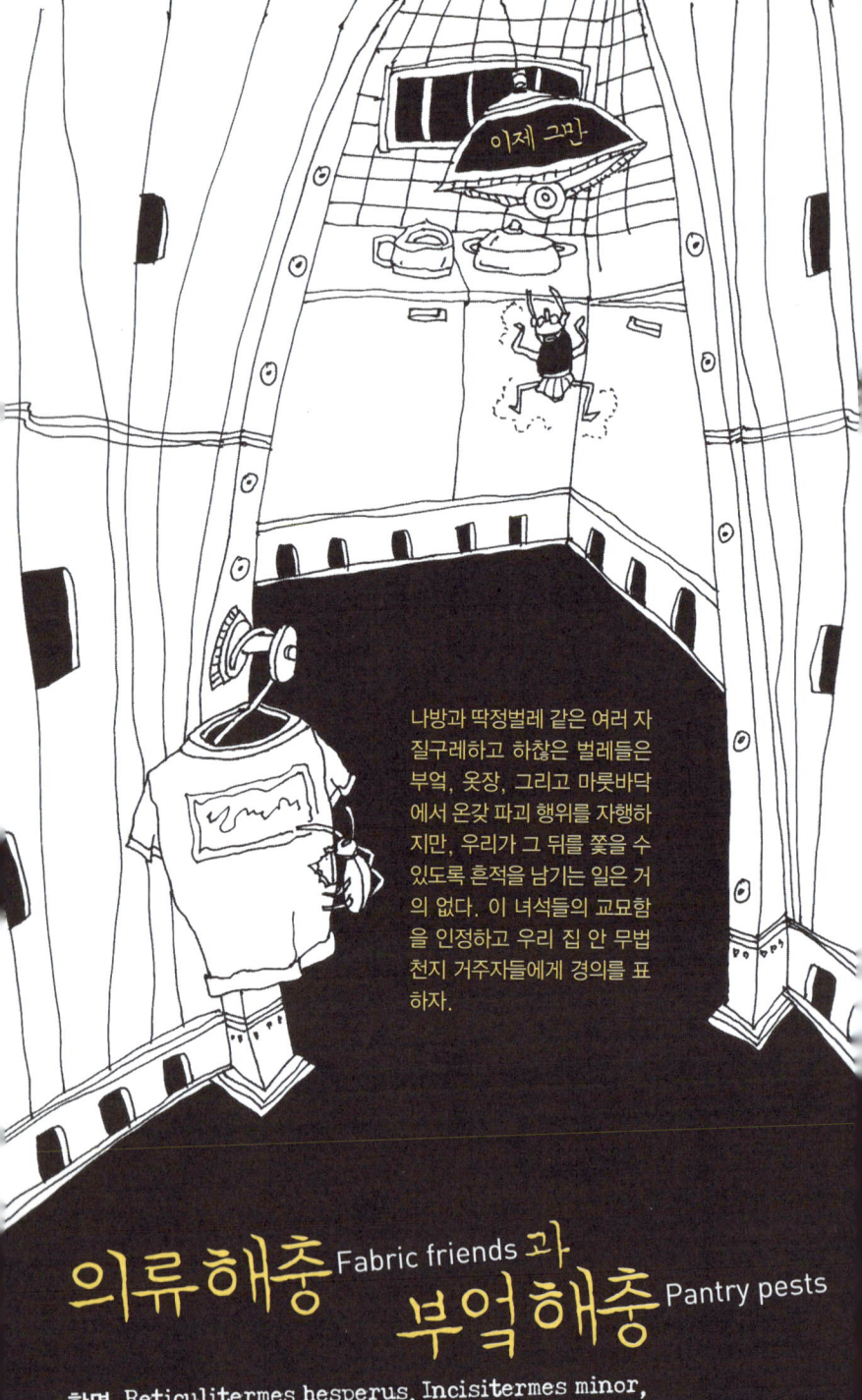

이제 그만

나방과 딱정벌레 같은 여러 자질구레하고 하찮은 벌레들은 부엌, 옷장, 그리고 마룻바닥에서 온갖 파괴 행위를 자행하지만, 우리가 그 뒤를 쫓을 수 있도록 흔적을 남기는 일은 거의 없다. 이 녀석들의 교묘함을 인정하고 우리 집 안 무법천지 거주자들에게 경의를 표하자.

의류해충 Fabric friends 과
부엌해충 Pantry pests

학명 Reticulitermes hesperus, Incisitermes minor,

빗살수염벌레death watch beetle와 권연벌레cigarette beetle가 이 음흉한 도당의 일원이다. 또한 이 팀에는 밀가루나방flour moth 과 창고좀벌레drugstore beetle, 학명은 스테고비움 파니시움Stegobium paniceum도 포함되며, 내가 가장 좋아하는 딱정벌레 가운데 하나인 어리쌀도둑거저리confused flour beetle, 학명은 트리볼리움 컨퓨줌Tribolium confusum도 있다. 이놈은 거짓쌀도둑거저리red flour beetle와 생김새가 무척 비슷해 둘을 자주 혼동하게 되는 바람에 이런 이름이 붙었다.

나도 먹자!

빗살수염벌레는 가구에서 곧잘 잔치를 벌이고, 보통 가구를 망치고 난 후에야 발견 된다. 창고좀벌레(담배를 좋아하는 권연벌레의 사촌뻘 되는)는 약이나 양념을 비롯하여 찬장에 잘 잠가 보관 한 것이 아니면 아무거나 먹어치운다. 심지어 알루미늄에도 구멍을 뚫어 놓는다. 지중해밀가루나방Mediterranean flour moth은 부엌 에 있는 것이면 대부분 아무것이나 가리지 않고 즐긴 다. 개와 고양이의 먹이는 이놈들이 무척 좋아하는 성찬이다. 이런 해충은 수명도 아주 길고, 물 없이도 살 수 있으며, 우리

어리쌀도둑거저리

가 쓰는 살충제도 맛있게 먹는다.

부엌 해충들은 화려한 색깔에 수려하게 생겼으며, 전반적으로 속임수에 능하다. 밤마다 이놈들은 맹랑한 수작으로 우리를 깜빡 속인다. 아침에 먹으려고 둔 시리얼에 천연덕스럽게 내려 앉아 게걸스럽게 먹어 치우고, 심지어는 식탁에 배설까지 해놓아 우리의 밤을 불안하게 하는 악몽 같은 존재다.

부엌 친화적인

딱정벌레 유충은 다리가 없거나 아니면 머리 근처에 붙은 땅딸막한 다리 세 쌍을 갖고 있다. 나방 유충은 머리 부근에 다

수시렁이 유충

리 세 쌍을 갖고 있고, 복부 근처에 더 다리다운 부속지를 갖고 있다. 딱정벌레의 경우에는 성충이고 유충이고 모두 섭식 활동을 하면서 피해를 입히지만 나방의 경우에는 오로지 유충만이 해를 입힌다. 사실상 일부 나방은 성충에 이르면 소화 기관이 모두 없어져 버린다.

대부분의 부엌 해충(밀가루벌레, 창고좀벌레, 권연벌레 등)은 크기가 3밀리미터 정도이고, 원통형이며, 옅은 갈색으로 특징적인 둥그런 몸통에 딱딱한 날개 덮개를 갖고 있다.

화랑곡나방Indian meal moth은 붉은빛이 나는 갈색의 날개를 갖고 있고, 구릿빛 광택이 나며, 흰색에서 회색의 몸을 갖고 있다. 이놈들은 옷좀나방clothes moth과 혼동을 일으킬 정도로 비

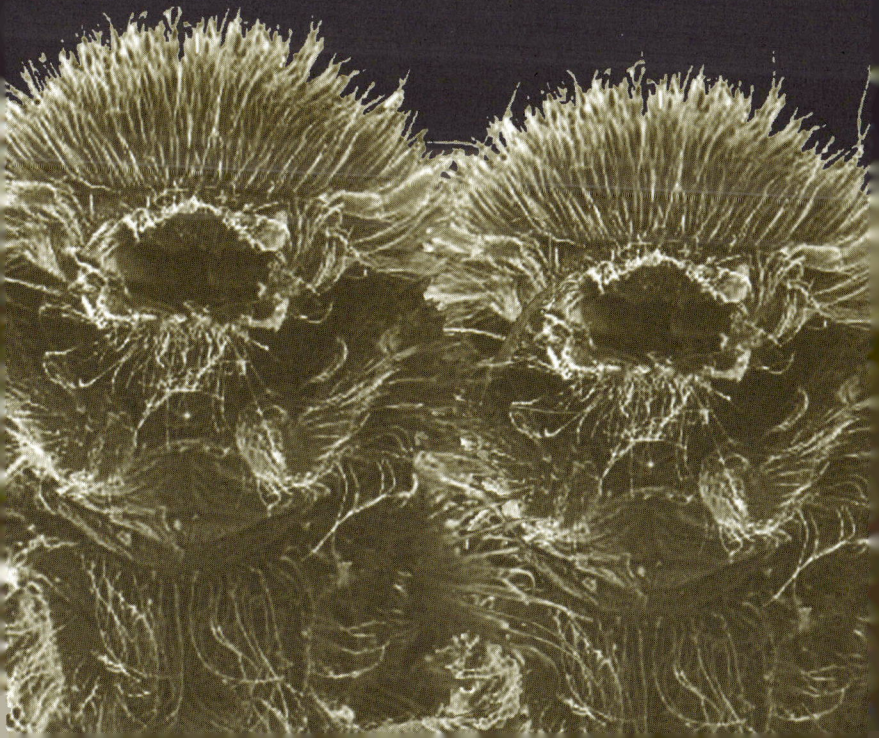

슷하지만, 옷좀나방이 더 작고 털도 더 많다. 화랑곡나방은
자기 몸 빛깔을 부엌 가구와 주방 기구 빛깔과 비슷하게 갈
색빛이 도는 흰색으로 위장한다.

익명의 나무 먹는 벌레 이야기

빗살수염벌레가 '죽음의 감시자death watch beetle'라는 이름을
얻게 된 유래는 그 이름만큼이나 흥미진진하다. 아마도 사랑
을 나누고 싶은 기분이 들었던 어떤 암컷 벌레가 뭔지는 모
르지만 마침 어떤 나무 먹이에 꽈당, 머리를 찧었다. 그 소리
는 거의 들리지 않을 정도로 희미했지만, 만일 많은 벌레들이
한꺼번에 그런 소리를 냈더라면 인간의 귀에도 들렸을 것이
고, 그 들릴 듯 말 듯한 소리는 죽음의 감시자에
비유될 만큼 오싹하고 무엇에 씐 듯한 느
낌이 들었을 것이다.
에드거 앨런 포Edgar Allan Poe가 그의 단편소
설 〈고자질하는 심장〉에서 이 이야기
를 인용했다. 이런 이야기는
그냥 지어낼 수 있는 것이
아니다.

빗살무늬수염벌레

악동

어 리 쌀 도 둑
거 저 리 는   늦
은 밤 중 에 속 옷
만 걸 친 많은 남자들처럼 시리얼을
가장 좋아한다. 사실상 이놈들은 찬장에 있는 음식
모두에 입을 댄다. 크래커, 콩, 양념, 마른 국수, 그리고 밀
가루로 만든 것이면 무엇이든.

수시렁이는 온갖 깔개 종류와 자연 섬유를 좋아한다. 또한 이
놈들은 털, 가죽, 그리고 양모도 기쁘게 먹어치우면서 옷좀나
방보다도 더 큰 피해를 입힌다. 수시렁이는 옷을 상하게 만드
는 해충 가운데 가장 처치가 곤란하고, 죽은 동물은 물론 피
아노 펠트며 바이올린 활까지 못 먹는 것이 없다.

가루나무좀powder post beetle은 크기가 0.1에서 0.2밀리미터
정도 밖에는 안 되지만 나무에 바늘 끝만 한 구멍을 내고 그
아래 미세한 가루 먼지가 쌓이게 만든다.

옷좀나방은 그 모든 먹이 중에서도 더러운 옷을 가장 좋아하
고, 땀, 음식, 음료 얼룩이 묻은 것을 특히 좋아한다. 또한 가
죽, 털과 같은 동물성 단백질이 섞인 옷을 좋아하고, 면이나
린넨 또는 레이온과 같은 합성 섬유는 별로 좋아하지 않는다.
이들의 진정한 재능은 도저히 소화시킬 수 없을 것 같은 동
물성 단백질과 털에서 뽑아낸 섬유에서 발견되는 케라틴 같

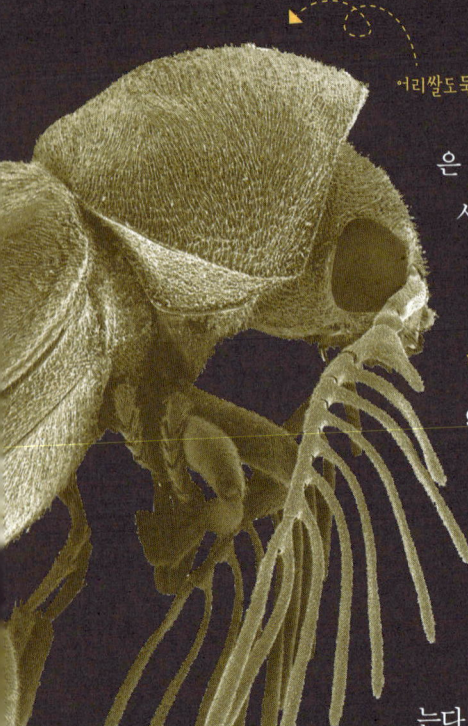
어리쌀도둑거저리

은 물질도 소화시킬 수 있다는 사실이다.

빗살수염벌레의 일기

9:00 p.m. 잠자리에서 일어나 나무 먹이를 찾아 나선다.

9:10 p.m. 찾아낸 나무 먹이를 먹기 시작한다.

1:30 a.m. 짝짓기를 한다. 그런 다음 다시 나무 먹이를 먹는다.

7:15 a.m. 인간이 나타났으므로 몸을 숨긴다.

8:30 a.m. 인간이 사라졌으므로 다시 나무를 공격한다.

9:00 p.m. 어제와 동일

빗살수염벌레는 하루 종일 나무에 터널을 뚫어 톱밥을 만들면서, 날이면 날마다 먹고 짝짓기 하는 데 시간을 보낸다. 흰개미와는 다르게 이들은 바닥에서 떨어져 있는 가구까지 먹어 치울 수 있다. 사실상 이놈들이 나무에서 진탕 먹고 노는 작태는 흰개미가 흉내조차 내지 못할 정도다. 이놈들은 나무를 먹지 않을 때는 금세 엄마와 아빠처럼 자라 버리는 아기 빗살수염벌레를 만든다.

펀치

지중해밀가루나방은 수컷과 암컷 간에 서로 짝을 찾는 방법이 전혀 다르다. 암컷은 복부의 끝 부분에 있는 분비샘을 쳐들어 올려 페로몬이 원하는 방향으로 풍겨 가도록 하는 한편, 수컷은 분비샘을 쳐들어 사랑을 나눌 연인의 머리와 가슴을 냅다 내려친다.

먹히거나 낳거나

종종 상대를 먹어 치우는 것으로 끝나는 짝짓기를 마친 후, 밀가루나방(어리쌀도둑거저리와 거짓쌀도둑거저리)은 부엌에다 알을 낳는다. 알은 약 1주일이 지나면 크림 빛이 도는 갈색에서 흰색의 애벌레로 부화한다. 이것을 밀기울벌레bran bug라고 부르기도 한다. 암컷은 평생 동안 400개의 알을 낳을 수 있고,

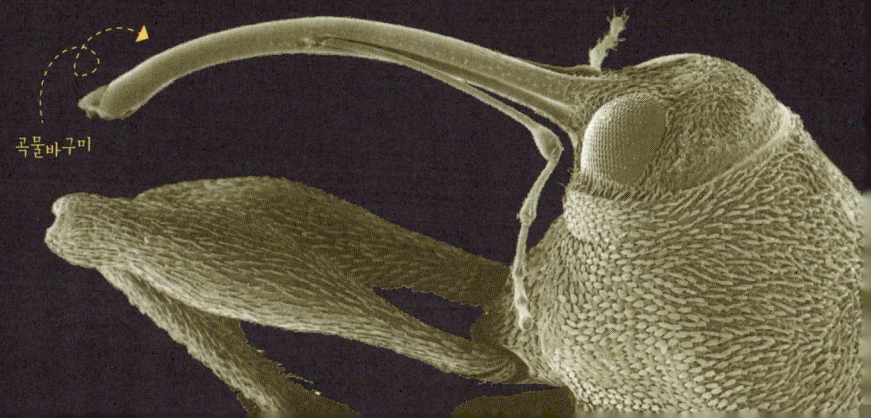

곡물바구미

가끔씩은 자기가 낳은 알을 먹
어 치우기도 한다. 밀가루나
방의 수명은 1년 정도이고, 창
고좀벌레는 2~7개월을 산다.

이제 내 것!

지중해밀가루나방과 화랑곡나방은 과일, 견과
류, 밀가루, 곡물, 옥수수, 곡식알을 먹는다. 이놈들
은 또한 음식과 음식 용기 주변으로 끈끈한 고치를
지어 놓아 불쾌하고 청소하기 힘들게 만든다.
이놈들은 먹는 동안 퀴논이라고 하는 몹시 역겨운 냄새
가 나는 화학 물질
을 분비한다. 이
것은 일종의 영
역 표시라고 생각
되는데, 음식을 훨씬
더 빨리 상하게 만든다.

곡물바구미

당신이 필요해! 쩍!

음식을 먹어 치우는 딱정벌레와 나방은 박멸하기가 힘들다. 특히 이것들 가운데 많은 종이 먹지 않고도 몇 주에서 몇 달 동안이나 살 수 있기 때문에 더 그렇다.

어떤 해충 통제 지침에서는 곡식과 곡물 같은 식품은 냉장고 나 냉동고에 보관하거나 아니면 80도 이상에서 10분 이상 가열해 보관하라고 조언한다. 이런 방법이 실제적이지 못하다면, 곡물 을 밀폐 용기에 담아서 보관해야 한다.

서양 삼나무 옷장이 옷을 갉아먹는 좀 벌레를 가까이 오지 못하게 한다고 믿 는가? 그렇다면 다시 한 번 생각해 보라 고 권한다. 삼나무는 시간이 흐르면서 벌레를 퇴치하는 성질을 잃기 때문 이다.

식품을 냉동 보관하는 것보다 훨씬 더 재미있는 방법은 "당 신은 몹시 멋져요. 나는 당신 이 당장 필요해!"라고 외치 는 페로몬을 이용하여 수컷 벌레를 유인하는 끈끈이를 쓰는 것이다. 아니면 내면의 가학성을 끌어내어 벌레와 나방이 먹는 식품에다 규조토를 뿌려 놓으라. 이 흙의 입자는 레이저처럼 날카로워서 벌레들에게는 난도질을 가하지만, 몹시 미세한 탓에 인간에게는 아무런 해도 끼치지 않는다.

끈끈한 생선 기름으로 벌레들을 유인할 수도 있다. 하지만 그역한 냄새를 참을 수 있을 때 얘기다. 아니면 부엌에다 두꺼비 부대를 풀어 놓으라. 두꺼비가 벌레들을 몽땅 잡아먹을 것이다.

곡식을 보관해 두는 곳은 진공청소기를 이용해 정기적으로 깨끗이 청소하라. 만일 가능한 상황이고, 꼭 필요하다면 제충국pyrethrum같은 화학 성분 분무제도 써볼 수 있다.

매닐로우 음악으로 죽음을!

빗살수염벌레처럼 나무를 갉아먹는 벌레를 퇴치하기 위해서 나무 표면에 살충제를 뿌려 놓는 것도 효과가 있을 테지만, 그렇다고 이런 해충의 천적인 거미까지 죽이지는 않도록 조심하라. 화학 약품으로 나무 표면을 세척하거나 가압 분사하는 방법도 있지만 페인트칠과 목재를 망가뜨리고 화재 위험도 있다. 물 분사도 효과가 있지만 나무가 부풀어 오를 수 있다. 이런 방법들은 모두 크랩스 도박처럼 위험하기 짝이 없다. 우리 곤충 팬들 중에는 베리 매닐로우의 '맨디Mandy'를 최대 볼륨으로 빵빵 울리도록 틀어 놓아 이런 벌레들을 쫓아 버린 행운을 누린 사람도 있지 않을까 싶다. 아마 이런 지겨운 음악을 이용하는 방법도 한번 시도해 볼만 할 것이다.

Thanks to

이 책이 세상에 나올 수 있도록 우리를 도와주고 아낌없는 격려를 해 준 많은 친척들과 친구들 그리고 곤충 전문가들과 베테랑 작가들에게 감사한다.

또한 우리가 이 책을 내놓을 수 있었던 것은 여러 재능 있는 전자현미경 사진작가들의 경이로운 작품들에서 창조적인 영감을 얻은 덕분이었다. 곤충과 그들의 경이로운 세계로 충격적일만큼 우리를 가까이 데려가 준 영상들 덕분에 이 책이 생명력을 얻을 수 있었다.

산타모니카 공공 도서관의 인내심 있는 사서에게도 감사하며, 적법한 인쇄물을 골라낼 수 있도록 도와준 마티 카츠, 크레이그 쿠퍼, 그리고 로우 웨이츠만, 우리가 작업을 계속할 수 있도록 용기를 북돋아 준 동료 작가 폴 슈나이더, 메스꺼움을 극복하고 이 주제에 대한 자료 조사를 해 준 리사 쿠퍼에게도 감사한다. 이 책에 담긴 내용에 사실적인 오류는 없는지 확인해 준 곤충학자 스티븐 쿠처Steven Kutcher에게 깊이 감사한다.

이 프로젝트를 성사시킬 수 있도록 도와준 메간 뉴먼과 트레나 키팅에게도, 에이미 힐과 그녀의 그래픽 팀, 그리고 물론 우리를 가장 많이 도와주고 인내해 준 편집자 힐러리 레드몬에게도 깊은 감사의 말을 전한다.

마지막으로, 이 일을 계속할 수 있도록 자신감과 힘을 불어넣어 준 많은 친구들과 가족들에게 감사한다. 이들은 이 책에 실린 영상들과 소름끼치는 사실들에 자주 기겁해야 했지만(사실 우리도 그랬으니까!), 우리가 어떤 일을 해내겠다고 장담할 때마다 우리 말에 귀 기울여 주고 고개까지 끄덕여 주는 대담무쌍한 용기를 보여 주었다.

제프와 조시

2010년 10월 12일자 폭스뉴스에 따르면 라디오 DJ 하워드 스턴을 비롯해 할리우드 스타 커플 브래들리 쿠퍼와 르네 젤위거가 최근 빈대 때문에 골머리를 앓고 있다고 한다. 여행이 잦아 호텔을 자주 이용하다 보니 빈대를 집까지 묻혀온 것이란다.

그뿐만이 아니다. 근래 몇 년 동안 유치원과 초등학교 아이들 머리에 이가 들끓어 학교와 부모들이 모두 신경을 곤두세우고 있지만, 이는 잊어버릴 만하면 다시 기승을 부린다.

주거환경과 공공환경이 청결하게 관리되고 있고, 전반적인 위생 상태가 과거에 비해 훨씬 좋아졌다고 해서 우리가 '더러운' 벌레들을 이겼다고 자만하는 것은 금물! 이 책을 읽다 보면 이 말이 조금도 틀리지 않았음을 알게 될 것이다.

우리가 원하든 원하지 않든 우리 몸, 옷가지, 집 안 구석구석에서 우리와 함께 꼬물꼬물 살아가는 벌레들. 저자들은 우리집의 주인은 우리가 아니고 우리는 손님, 아니 한 쪽에 빌붙어 사는 꼴이 아닐까 하는 생각까지 하게 되었고, 그런 생각으로 이 책도 시작하게 되었단다. 아무리 애를 써도 결코 없

앨 수 없는 끈질긴 집먼지 진드기, 없어졌다가도 조금만 틈이
보이면 어느새 돌아와 있는 이, 빈대, 바퀴벌레. 그래 너희들
이 주인해라, 나는 손님하마.

책장을 넘기다 보면 으그그…… 비명 소리가 마구 새어나올
지도 모른다.
그렇지만 맨 눈으로는 잘 보이지도 않는 작은 벌레들의 전자
현미경 확대 사진이 무척 이채롭다. 곤충들의 몸 부분 부분을
확대해서 바라보니 정말 공상과학영화에서나 보던 딱 그 괴
물들이다! 그렇지만 계속 보다 보니 징그러운 모습은 사라지
고 오히려 신기해서 자꾸 들여다보게 된다.
이 세상을 살다 보면 모르고 살아야 더 편한 사실도 많다. (내
얼굴에 그런 징그러운 벌레가 살고 있다니……) 그렇지만 모른
채로 지낸다고 해서 있는 사실이 없어지는 것도 아니고, 불편
하더라도 이 사실을 알고 더 잘 관리하거나 대처하는 것이 더
현명한 처사이리라(이 책에 나오는 벌레들만이 아니라도).
이렇게 《당신은 혼자가 아니에요(원제: A Field Guide to

Household Bugs)》는 달갑지 않은 존재지만 우리와 함께 살아가는 집 곤충들에 관한 여러 가지 실용적인 지식을 얻고, 생활에 이용하면서, 재미있게 읽을 수 있는 책이다. 어떤 해충통제법은 써볼 법도 하지만 이론상으로만 가능한 얘기지 순전히 재미 삼아 써놓은 이야기들도 많다는 것에 주의하길! 그렇더라도 이 책을 통해 우리 몸에 옮기지 않도록 조심해야 할 것은 조심하고, 없애야 할 것은 없애고, 적당히 같이 살아가도 될 것들과는 화해하고 같이 살아가는 지혜를 배우기 바란다.

유자화

참고 문헌

제목
저자
출판사, 출간일 순

BIOLOGY OF BLOOD-SUCKING INSECTS
M. J. Lehane
HarperCollins (NYC), 1991

BUG BUSTERS
Bernice Lifton
Avery Publishing Group, Inc. (Garden City Park, NY), 1991

BUGS OF THE WORLD
George C. McGavin
Facts on File (NYC), 1993

BUZZWORDS
May Berenbaum
Joseph Henry Press (Washington, D.C.), 2000

THE COCKROACH PAPERS
Ricard Schweid
Four Walls Eight Windows (NYC), 1999

THE COMPLEAT COCKROACH
David George Gordon
Ten Speed Press (Berkeley), 1996

THE ENCYCLOPEDIA OF INSECTS
Edited by Christopher O''Toole
Facts on File (NYC), 1986

ENCYCLOPEDIA OF INSECTS AND SPIDERS
Rod and Ken Preston-Mafham
Thunder Bay Press (San Diego), 2005

ENTOMOLOGY & PEST MANAGEMENT
Larry Pedigo
Culinary and Hospitality Industry Publications Services (Weimar, TX), 2006

A FIELD GUIDE TO GERMS INSECT FACT AND FOLKLORE
Lucy W. Clausen
Colliers Books (NYC), 1962

INSECT LIFE
Michael Tweedie
Collins (London), 1977

INSECTS
Bob Gibbons
Harper Collins (NYC), 1999

INSECTS
Geoge C. McGavin
Dorling Kindersley (NYC), 2000

INSECTS OF THE WORLD
Anthony Wootton
Facts on File (NYC), 1984

INSECTS THROUGH THE SEASONS

Gilbert Waldbauer
Harvard University Press (Cambridge, MA), 1996

THE LIFE OF THE FLY
J. Henri Fabre
Dodd, Mead & Company (NYC), 1913

LIFE ON A LITTLE-KNOWN PLANET
Howard Ensign Evans
E. P. Dutton & Co. (NYC), 1986

THE NATURAL HISTORY OF FLIES
Harold Oldroyd
W. W. Norton & Company Inc. (NYC), 1964

NINETY-NINE GNATS, NITS, AND NIBBLERS
May Berenbaum
Univ. Illinois Press (Urbana), 1989

NINETY-NINE MORE MAGGOTS, MITES AND MUNCHERS
May Berenbaum
Univ. Illinois Press (Urbana), 1993

PEST CONTROL FOR HOME AND GARDEN
Michael Hansen
Consumer Reports Books (Yonkers, NY), 1993

THE PRACTICAL ENTOMOLOGIST
Rick Imes
Simon & Schuster/Fireside (NYC), 1992

THE SECRET LIFE OF GERMS
By Philip M. Tierno Jr., PhD
Pocket Books (NYC), 2001

SIX-LEGGED SEX
James K. Wangberg
Fulcrum Publishing (Golden, CO), 2001

SOCIAL LIFE AMONG THE INSECTS
William Morton Wheeler
Harcourt, Brace & Co. (NYC), 1923

THE STRANGE LIVES OF FAMILIAR INSECTS
By Edwin Way Teale
Dodd, Mead & Co. (NYC), 1962

A TEXTBOOK OF ENTOMOLOGY
Herbert H. Ross
John Wiley & Sons (Sydney), 1948

TINY GAME HUNTING
By Hilary Dole Klein & Adrian M. Wenner
Bantam Books (NYC), 1991

URBAN ENTOMOLOGY
William H. Robinson
Chapman and Hall (London), 1996

WHAT''S BUGGING YOU?
By Michael Bohdan
Santa Monica Press, LLC, 1998

WHAT GOOD ARE BUGS
Gilbert Waldbauer
Harvard University Press, 2003

기타

BugInfo.com
Harvard University School of Public Health
Iowa State Department of Entomology
North Carolina State University, Department of Entomology
Penn State University, College of Agricultural Science
PestProducts.com
Purdue University Cooperative Extension Service

포토 크레딧

이 책에 실린 멋진 이미지들은 전 세계에서 일하고 있는 여러 재능 있는 사진작가들이 포착한 것이다. 이들의 작품이 우리의 호기심과 경이감을 자극했고, 여러 면에서 이 책을 쓰도록 영감을 불러 일으켰다.

또한 우리는 포토 리서처스사Photo Researchers, Inc.에 감사한다. 특히 이 책을 위해 많은 이미지를 제공하고, 이미지 연구와 확보에 도움을 준 재키 톨리에게 감사한다.

페이지별 포토 크레딧

권두삽화: Marcelo de Campos Pereira

25/26/27: Louis De Vos

28/29: Joshua Abarbanel

30/32: Louis De Vos

34/35: Joshua Abarbanel

39: Dennis Kunkel

40/41/42/43: Dennis Kunkel

44: Photo Researchers, Inc.

45: Dennis Kunkel

46/47: Photo Researchers, Inc.

51: Dennis Kunkel

52/53: Composited image. Andrew Syred / Original image: Photo Researchers, Inc.

56/57: Composited image. Andrew Syred / Original image: Photo Researchers, Inc.

61: Andrew Syred / Photo Researchers, Inc.

62: Andrew Syred / Photo Researchers, Inc.

63: Louis De Vos

64/65: Composited image. Eye of Science / Original image: Photo Researchers, Inc.

68/69: Eye of Science / Photo Researchers, Inc.

73: Nolie Schneider

74/75: Steve Gschmeissner / Photo Researchers, Inc.

76/77: Gary Meszaros / Photo Researchers, Inc.

78/79: Eye of Science / Photo Researchers, Inc.

82/83: Steve Gschmeissner / Photo Researchers, Inc.

87: Ricardo A. Palonsky

88: Louis De Vos

89: United States Department of Agriculture

90/91: Ricardo A. Palonsky

92/93: Louis De Vos

95: Dennis Kunkel

99: Photo Researchers, Inc.

100/101/102/103: Louis De Vos

104/105: Susumu Nishinaga / Photo Researcers, Inc.

106/107: Louis De Vos

111: Photo Researchers, Inc.

112: Clemson University - -USDA

113: Hannah Mason

114/115: Charles Schurtz Lewallen

116/117: Composited image. Original image: Hannah Mason

118/119: Clemson University - -USDA

120/121/124/125: Photo Researchers Inc.

129/130: Louis De Vos

131: Erik Mielke

132: Dennis Kunkel

133/136/137: Louis De Vos

138/139: Dennis Kunkel

143: Darwin Dale / Photo Researchers, Inc.

144/145: Steve Gschmeissner / Photo Researchers, Inc.

145: Darwin Dale / Photo Researchers, Inc.

146: Steve Gschmeissner / Photo Researchers, Inc.

147: Louis De Vos
148: Dennis Kunkel
149: Photo Researchers, Inc.
150/151: Composited image. Volker Steger / Original image:
Photo Researchers, Inc.
154/155: Steve Gschmeissner / Photo Researchers, Inc.
158: Public Domain
160/161: Eye of Science / Photo Researchers, Inc.
162: USDA Forest Service Archives
163/164/165: Dennis Kunkel
166/167: Biophoto Associates / Photo Researchers, Inc.

"You're
not
Alone!"

옮긴이
유 자 화

성균관대학교 번역테솔대학원에서 번역학을 전공하여 석사학위를 받은 다음 전문번역가로 활동하고 있으며, 현재 초등학교 보건교사로도 재직하고 있다. 지금까지 옮긴 책으로는 《감춰진 생물들의 치명적 사생활》, 《어머니를 돌보며》, 《건강, 음식, 질병에 관한 오해와 진실》, 《한 번에 한걸음씩 희망을 선택하라》, 《비행기의 역사》, 《최고의 리더십》 등이 있다.

당신은 혼자가 아니에요

초판 1쇄 발행 2011년 2월 14일

지은이 조슈아 아바바넬 · 제프 스위머
옮긴이 유자화
펴낸이 양소연

기획편집 함소연, 진숙현 **마케팅** 이광택
관리 유승호, 김성은 **디자인** 하주연, 강미영 **웹서비스** 이지은, 양지현, 양채연

펴낸곳 함께읽는책 **등록번호** 제25100-2001-000043호 **등록일자** 2001년 11월 14일

주소 서울시 금천구 가산동 60-3 대륭포스트타워 5차 1104호
대표전화 02-2103-2480 **팩스** 02-2103-2488 **홈페이지** www.cobook.co.kr

ISBN 978-89-90369-87-1(04840)
      978-89-90369-74-1(set)

**함께읽는책의 1881 함께읽는교양문고는
18세부터 81세까지 세대를 초월한 지식 나눔을 꿈꿉니다.**

나온 책

필로소피컬 저니 서정욱 지음 **문화관광부선정 우수교양도서**
철학과 역사, 문학의 영역을 사뿐히 넘나드는 7일간의 달콤한 철학 여행기. 철학이 있는
시대의 역사와 문학을 따라 여유로운 항해를 하며 철학이 움트는 배경과 과정을 만난다.

안티 사이언스 랜드 정완상 지음
중·고등학교에서 다루는 물리학과 화학의 주제들을 과학의 성이라는 판타지 공간에서 만
난다. 썩 진지하지 않은 과학의 고수들이 안내하는 흥미로운 이야기로만 가득한 진짜 과학
이야기!

식인양의 탄생 임승휘 지음
그리스 아테네부터 냉전시대까지, 단순한 서양사의 축약본이 아닌 세상 속 복작거리며 살
아가는 저마다의 역사를 가진 인간의 이야기를 만난다.

철학의 고전들 서정욱 지음 **한국간행물윤리위원회선정 청소년권장도서**
《소크라테스의 변명》, 《향연》, 《비극》… 한 번쯤은 읽어봤다고 생각되는 고전을 정말 읽은
사람은 얼마나 될까? 전체를 관통하는 정수만을 건져내 다듬은, 쉽게 읽는 고전을 만난다.

이상한 나라의 언어 씨 이야기 에리카 오크런트 지음 | 박인용 옮김
이상한 나라의 앨리스, 걸리버 여행기, 반시의 제왕, 그리고 보르헤스, 톨스토이… 그 모
든 이야기를 풀어줄 열쇠 같은 책. 900개의 발명된 언어로 가는 비밀 통로가 열린다.

시끌벅적한 철학자들 죽음을 요리하다 토머스 캐스카트·대니얼 클라인 지음 | 윤인숙 옮김
한국간행물윤리위원회선정 이달의읽을만한책
쇼펜하우어, 니체, 사르트르 같은 철학자들이 삶의 의미에 관해 끙끙댔던 만큼 죽음의 의
미에 대해서 고심한 흔적을 찾아 눈물 나는 웃음을 선물한다.

에코 에고이스트 그레그 크레이븐 지음 | 박인용 옮김 **환경부선정 우수환경도서**
지구 온난화가 우리의 생명을 위협하고 있다거나 혹은 지상 최대의 거짓말이라는 주장이
팽팽한 가운데, 온난화에 대한 자신만의 결론에 다다를 수 있도록 안내한다.

철학, 불평등을 말하다 서정욱 지음 **한국간행물윤리위원회선정 이달의읽을만한책**
에라스뮈스와 토머스 모어, 마키아벨리와 루소… 수백 년 전 철학자들의 글을 통해 법과
계급, 차별과 불평등의 역사를 되짚고, 오늘을 고민하는 젊음에게 길을 제시한다.

함께읽는책의 궁리는 계속됩니다.